Siegfried Ruoß

Den Schwaben aufs Maul geschaut

Siegfried Ruoß

Den Schwaben aufs Maul geschaut

Ein schwäbisches Anekdotenbuch

THEISS

Die Deutsche Bibliothek – CIP-Einheitsaufnahme

Ein Titeldatensatz für diese Publikation ist bei
Der Deutschen Bibliothek erhältlich.

Umschlaggestaltung: Neil Mc Beath, Kornwestheim, unter
Verwendung einer Aufnahme von Joachim Feist,
Pliezhausen (Ehingen, Brunnen)

Lektorat: Renate Beyer, Tübingen
Satz: Utesch GmbH, Hamburg
Gesamtherstellung: Ebner Ulm
ISBN 3-8062-1664-9

Vorwort

Die Anekdote wandert von Mund zu Mund, weshalb sich ihr Wortlaut mit der Zeit, je nach Erzähler, verändert. Die Fantasie des Einzelnen gibt ihr von Fall zu Fall neue Dimensionen.

Bevor wir von Fernsehen und Internet berieselt wurden, und unsere Neugier im Gespräch befriedigen mussten, waren die Geschichtenerzähler, die Schwänke und Anekdoten zum Besten gaben, die gefragtesten Gäste. Um nicht als Langweiler vom Dienst dazustehen, gehörte es zur Grundausstattung eines Partygängers, die Damen der Gesellschaft mit witzigen, amüsanten Anekdoten aufzuheitern.

Goethe meinte: »Eine Sammlung von Anekdoten ist für den Weltmann der größte Schatz, wenn er sie an schicklichen Orten ins Gespräch einzustreuen weiß.«

Schon bei den alten Griechen und Römern waren Anekdoten als Beiwerk in der Geschichtsschreibung, aber auch als selbstständige Erzählung geschätzt. Die Anekdote gibt kleine Geschichten wieder, wie sie gewesen sein könnten. Was ist schon Wahrheit? Die steht oftmals nicht einmal in den Zeitungsnachrichten.

Die Wahrheit ist hier nicht gefragt – gut muss die Geschichte sein und den geneigten Leser erfreuen. Manch erfundene Anekdote kann der Wahrheit näher kommen als die öffentlich verbreiteten Nachrichten. Die Anekdote wird oft jemandem zugeschrieben oder nachgesagt. Gerüchte ziehen durchs Land voller delikater Neuheiten und niemand kann sich dafür verbürgen.

Eine Anekdote sollte in Kurzform einen ungewöhnlichen Vorfall humorvoll verpackt wiedergeben. Im Mittelalter benutzten die geistlichen Herren so genannte »Predigtmärlein«, um ihre Predigt etwas aufzulockern und die müden Bauern am Einschlafen zu hindern.
Es ist schwer, gute Anekdoten aus der heutigen Zeit aufzustöbern. Die Lebensbedingungen erschweren es dem Individuum, sich auszuleben. Der Druck der Anpassung wird immer stärker, und das Eigenartige, Originelle, von dem die Anekdote lebt, bleibt auf der Strecke.
Die Scherzgeschichten leben hauptsächlich vom Mutterwitz und von der Schlagfertigkeit des Erzählers. Der größte Schatz der Schwaben, besonders der Älbler, ist ihr hintergründiger Humor. Wer einmal das Glück hatte, an einen dieser Dorfstammtische als Gast eingeladen zu werden, wird mit Staunen feststellen, mit welchem Feuerwerk an Witz, deftigem und urigem Humor die Unterhaltung geführt wird. Keiner in der Runde wird geschont, die Worte fliegen hin und her und selten ist einer beleidigt, wenn die Antwort besonders deftig ausfällt. Die Lachmuskeln kommen an diesen Abenden selten zu kurz. Hier ist schon manche Geschichte entstanden, die dann durch die Lande zog. Anekdoten zu sammeln bedarf großer Geduld und Hartnäckigkeit. Jeder Sammler wird das bestätigen. Man ist auf die Mithilfe seiner Mitbürger, Freunde und Bekannten angewiesen. Was entwickeln sich doch oft für herrliche Gespräche, wo öffnen sich die Herzen mehr als bei einem gemeinsamen Lachen voller Herzlichkeit.
So gilt mein Dank all denen, die mir geholfen haben, dem Volk unbemerkt »aufs Maul zu schauen«.

Ein besonderes Dankeschön geht an Herrn Hans Bosch in Gerstetten, der uns seine Information über den »Sontberger Michel« überlassen hat.
Zum Schluss, dafür aber besonders herzlich, danken wir dem Verfasser des »Dodeldum«, Herrn Dr. Karl Setz, für seine Aufzeichnungen über den »Amtsrichter Dodel«, bekannt auch als der »Schwäbische Salomon aus Blaubeuren«.

Inhalt

Mehl oder koi Mehl?

Es war nach 1945, als die Menschen in der Stadt große Not litten. Um den gröbsten Hunger zu stillen, fuhren sie am Wochenende zum Hamstern aufs Land, wo der letzte Schmuck, Silberbesteck, Pelzmäntel und gar die guten Schuhe in Naturalien umgetauscht wurden.
Meine Tante in Altheim, wo ich einige Zeit nach dem Krieg verbrachte, hatte ein großes Herz und gab jedem etwas, und sei es nur eine oder zwei Schaufeln voll Mehl. Dabei war das Mehl- bzw. Kartoffelbetteln nur die eine Seite der Medaille. Denn an der Zonengrenze oder am Bahnhof begann das große Zittern, ob der Zoll die Leute auch durchließ. So warfen ganz Schlaue 2 km vor der Einfahrt des Zuges nach Ulm ihre Beute aus dem fahrenden Zug, wo die Anverwandten schon gespannt warteten.
Aber eine Mutter mit ihren Kindern war darauf nicht vorbereitet und klammerte sich fest an ihr Mehlsäckle und sandte ein Gebet gen Himmel – manchmal soll es ja schon was genützt haben.
Der Zollbeamte fragte auch prompt nach dem Inhalt des Sackes. »Isch do Mehl dren? Wenn Mehl dren isch, miaßat Se 's abgeba! Also, was isch no en dem Säckle? Koi Mehl! So isch recht. So Kenderla, helfat Eurer Muddr au traga, no gibt's heit obend Pfannakuacha.«
Ond der Nächschte bitte!
Wohl dem, der a Vetterle em Hemmel hot!

Die alte Wirtin

Zum Schülertreffen und zur gleichzeitigen Vierziger-Feier waren fast alle gekommen, bis auf zwei, die nach Amerika ausgewandert waren. Manche sahen sich nach fast 25 Jahren zum ersten Mal wieder und freuten sich, wieder in der Heimat zu sein und so viele vertraute Gesichter zu treffen.

Besonders drei alte Schulfreunde kamen aus dem Erzählen nicht mehr heraus und vereinbarten für Ende September eine Herbstwanderung über die Alb.

Gesagt, getan! Zur vereinbarten Zeit trafen sie sich auf einem Parkplatz am Wald bei ihrem alten »Lägerle«, wo sie schon als Buben ihre Streiche ausgeheckt hatten, packten ihre Rucksäcke und ab ging die Post.

Gegen Mittag kehrten sie in einer alten Dorfschenke ein, die sie noch von früher kannten, um dort richtig Brotzeit zu machen. Sie staunten nicht schlecht, als sie auf der Karte sogar eine kleine Auswahl Württemberger Weine fanden. Man war sich schnell einig und bestellte eine große Platte Hausmachervesper und eine Flasche Mundelsheimer.

Die Wirtsleute selbst waren auf dem Feld, sodass die Oma die wenigen Gäste zu versorgen hatte. Sie brachte auch gleich die Flasche Wein und drei Gläser. Als einer der Herren bemerkte: »Do feahlt jo 's Etikett«, kam sie mit einem alten »Zigarrenkischtle« voller Etiketten an den Tisch und meinte: »Jetz nehmad halt 's Richtige raus ond klebats selber drauf, i sieh nemme, was do drauf schtoht.«

Die Lachfalten hatten an diesem Tag Hochbetrieb.

So kann man auch mit kleinen Sachen Wanderern eine Freude machen.

Boot mit Schlagseite

Als ich vor vielen Jahren mit meinem Sohn auf dem Bodensee eine Bootsfahrt auf einem kleineren Ausflugsboot unternahm, stieg auch ein gut beleibter Pater zu und das Boot bekam leichte Schlagseite. Worauf mein Sohn vorwitzig bemerkte: »Hoffentlich kippt das Boot nicht um!« Der Geistliche, nicht auf den Mund gefallen, bemerkte: »Ja, der Geist wiegt oft schwer!« Was unter den Beteiligten schallendes Gelächter auslöste.
Draußen auf dem See blies eine steife Brise und manch einer bekam ein flaues Gefühl im Magen. Da verkündete der Pater: »Ihr brauchat koi Angscht han, der Herr fährt ja mit Euch.«
Und so kamen wir auch alle mit Gottes Hilfe und unserem lustigen Pater wieder wohlbehalten ans Ufer zurück.

Den Moscht sauft koi Sau

Ein Kleinbauer in der Nähe von Ehingen schwörte auf seinen Most. »Denn nur im Mooscht isch Trooscht« war seine Parole.

Aber im Jahre 1986 hatte er großes Pech mit seinem Hausgebräu. Der Most ging total in die Binsen und schmeckte mehr nach Obstessig als nach seinem so verehrten Haustrunk. Da er selbst keine eigenen Obstbäume besaß, kaufte er jedes Jahr 1000 Liter frisch gepressten Apfelsaft von einer nahe gelegenen Mosterei, die er jetzt auf Schadenersatz verklagte.

Doch da biss er auf Granit. Nach einer Untersuchung der Chemischen Landesuntersuchungsanstalt – des kennt mr au kürzer schreiba – hatte sein Most einen Säuregehalt von 13 Gramm Essigsäure, statt der 1,4, die nur zulässig sind. Der Bauer bestätigte auch, dass er mit einem halben Zentner Zucker, Hefe und Süßstoff versucht hatte, den Most wieder aufzupäppeln. Aber vergebens. Der Most, besser gesagt der Obstessig, machte keinen »Mucker« mehr. Aber der findige Moster sagte sich: »Wenn's scho i net saufa ka, no kriagts halt mei Jolante.« Jolante war seine Lieblingssau, die ihm auf Schritt und Tritt auf seinem Höfle folgte. Die Mostkur dauerte ganze 4 Wochen, dann musste er Die Sau zu Grabe tragen. Sie war total sauer. Denn der tägliche halbe Eimer Mostessig war auch für einen Saumagen zu viel.

Die schwäbische Wahrheit: »Jo nix vrkomma lau« war ihm dieses Mal zum Verhängnis geworden.

Der Bauer drehte jetzt aber vollends durch und holte die

Polizei und die Presse, um sein Leid allen kund zu tun. »Dr Mooscht isch he, 's Geld isch futsch, ond jetzt vrreckt mr au no mei Sau«, jammerte er. Aber er hätte es ja wissen müssen, gab er am Schluss kleinlaut zu, denn seine Schwägerin hätt jo gwiss an Saumaga und dui hätt des Gsöff jo au net vrtraga, obwohl dui älles saufa ka.

Der Volksempfänger

Ein älterer Mann, der nach einem Bombenangriff auf Ulm nur noch sein brennendes Haus vorfand, konnte gerade noch seinen Volksempfänger (Radio) retten.
Er war von diesem Vorfall so geschockt, dass man ihn die nächste Zeit nur noch mit seinem »Volksempfänger« unterm Arm antraf. Angesprochen, wohin er denn wolle, gab er zur Antwort: »Zom Beichta, denn was do raus kommt isch älles verloga.«
Manchmal saß er auch auf der Ulmer Stadtmauer und rief: »I glaub's halt net, i glaub's halt net.« Als ihn dann Mitbürger ansprachen: »Ja was glauben Sie denn nicht?«, antwortete er: »Dass dr Göring von de Lebensmittelkarta leabt.«

Die alte Birne

Maler Scheck mit Frau auf Einkaufstour in Ulm. Zum Schluss fällt ihr ein, dass sie noch eine Birne für ihre Schreibtischlampe braucht.
Also hinein ins nächste Elektrogeschäft in der Frauenstraße, und welch ein Zufall, die Schecks treffen dort ihren alten Wanderfreund Dittus aus Ulm. Nach der freudigen Begrüßung und dem Austausch aller Neuigkeiten fragte die Verkäuferin nach ihren Wünschen.
Ja, Frau Scheck wollte eine Birne, aber was für eine? Welche Größe? Sie konnte sich nicht entscheiden.
Da bruddelte ihr sonst lieber Artur: »I nemm halt emmer de alt mit, no woiße wo e dra ben.«
»Ha, dui hosch doch drbei«, flüstert der Freund ihm ins Ohr.
»Was wird do gflüschtert?«, fragte aber gleich seine Angetraute.
»I han bloß gsait, dass i au emmer de alt mitnemm, wenn'e a nuia Birn brauch«, war der Kommentar.
Aber die Frau Scheck hatte den Braten schon gerochen und meinte: »I glaub eich zwoi muaß'e amol an de Ohra ziah.«

Die Muckenspritzer

Man schrieb den 27. August 1859, als an einem warmen Augustabend in Ehingen der Teufel los war. Laut der städtischen Chronik wurde an diesem Tag Feueralarm gegeben, denn im Turm der »Unteren Kirche«, der heutigen Liebfrauenkirche, sei ein Brand ausgebrochen. Die ganze Stadt war auf den Beinen, es wurde getrommelt und Feuerreiter losgeschickt.

Die angerückte Feuerwehr mit ihren Spritzen und Wassersaugern kam vor lauter Zuschauern kaum an den Ort des Geschehens. Die Spannung stieg von Minute zu Minute.

Bei näherer Betrachtung durch den Feuerwehrhauptmann stellte sich allerdings heraus, dass sich in der Abendsonne ein dichter Mückenschwarm am Kirchturm gesammelt hatte, um dort fröhlich seine Runden zu drehen, und den hatten einige Bürger fälschlicherweise für Rauch gehalten.

Meine Großmutter würde dazu sagen: »Dia Mugga geigat heit et schlecht omanand.«

Die enttäuschten Zuschauer zogen beschämt von dannen. Zu groß war die Blamage. Seit diesem Vorfall nennt man die Ehinger »Muckaschpritzer«.

In der Zwischenzeit haben sie aber aus ihrem Spottnamen einen Namen gemacht, der bei der Fasnet als »Spritzenmuck« landauf, landab alle Ehren einlegt, und keiner nimmt es mehr übel, wenn man sie als »Muckenspritzer« hänselt.

Deftige Kost

Noch bis ins Jahr 1980 hielten sich die Schwestern im Ehinger Krankenhaus Schweine und Hühner im hauseigenen Stall, damit die Doktoren nach einer anstrengenden Operation auch gut und deftig vespern konnten. Aber schleckig, wie so junge Assistenten oft sind, hängten sie die Hausmacherwürste an der Garderobe auf. Ein ganz renitenter Bursche legte gar einen Strick für den Koch auf das Tablett, das in die Küche zurückging.

Raue Sitten herrschten früher aber auch im Operationssaal, wo der Hausmeister noch wichtiges Mitglied im Operationsteam war.

So sollte einer Patientin einmal eine Zehe amputiert werden. Da der ganze Fuß in Watte verpackt war, fragte der Arzt die Älblerin: »Welcher Zeh ist es denn?« Sie antwortete: »I han koine Zeh meh.«

Der Arzt, der schwäbischen Sprache nicht mächtig, schaute ganz verdutzt aus der Wäsche. Der einheimische Hausmeister klärte ihn dann auf.

Im Schwäbischen heißen die Zehen »Zaia«, und wenn sie weh tun heißt das »mei Zaia duat waih« – und die »Zeh« sind die Zähne.

Bauernschlau

Der Buchenbauer hatte im Maienwald einen Reißschlag ersteigert und begann diesen im Frühjahr aus dem Wald zu schleppen. An einer Stelle ging es besonders knapp her und sein treuer Wallach blieb zwischen den Bäumen stecken. Da fällte der Bauer kurzerhand die zwei Jungbuchen, die seinem Gaul den Weg versperrten, und am Abend war die Waldarbeit beendet.

Leider hatte er vergessen, die frisch gefällten Baumstümpfe mit etwas Moos abzureiben, wie er es sonst auch tat, und so fiel dem aufmerksamen Förster der Waldfrevel sofort ins Auge. An diesem Tag bekam der Bauer auch prompt Besuch vom Förster, der ihm androhte: »Mir zwoi hent au no a Heahle (Junghenne) mitanand zom rupfa.«

In ähnlichen Fällen wurden die Bauern zu einer Fuhre Mist zur Baumschule verdonnert.

Am nächsten Morgen ging der Bauer in seinen Hühnerstall, fing einen jungen Gockel ein, packte ihn in einen Sack und fuhr zum Förster. Es war aber nur die Frau des eifrigen Beamten da. So gab der Buchenbauer ihr den Sack mit dem Federvieh und sprach: »An scheena Gruaß an Ihre Ma, a Heahle isch kois, bloß a Gockel, ond rupfa muaßern halt alloi.« Wünschte »An guata Appetit mitanand« und fuhr auf seinen Acker, in der Hoffnung, dass nun »där Kittel gflickt sei«.

Der Schneemann und die neue Grenze

Nach dem Umbruch, wie die Leute hier sagen, wurde 1945 Deutschland neu aufgeteilt. So verlief zwischen Pappelau und Eggingen die neue französisch-amerikanische Zonengrenze. Die Hügel- und Waldlandschaft um Ulm herum lud die Anwohner natürlich geradezu zum Schmuggeln ein. Denn bei den Amis konnte man gegen Fleisch günstig Zucker eintauschen, der bei den Franzosen fast eine Rarität war.

Ein ganz besonders schlauer Bauer wollte mit seinem Holzfuhrwerk aber direkt über die Grenze bei Eggingen. Er hatte aber vergessen, dass dort auch Hunde Dienst taten, und die bellten wie verrückt sein Fahrzeug an, was die Zöllner misstrauisch machte. Also hieß es: »Absteigen!« Und was fanden die eifrigen Grenzschützer unter den »Büschala«? Eine ganze halbe Sau wollte dieser Spitzbube hinüberschmuggeln. Als der Bauer die halbe Sau sah, schrie er so laut wie er konnte: »Ja, dia Waidäg, ja dui schmeiße doch glei en Graba na, dui Malefitzsau, dui dreckada.« Packte sie und schmiss sie in den Straßengraben.

An gleicher Stelle soll auch ein anderer Vorfall für große Erheiterung am Stammtisch im Nachbarort gesorgt haben. Die Grenzstellen waren natürlich mit Feldtelefon verbunden. So klingelte es eines Nachts in der Wachstube, und folgende Nachricht schreckte den einsamen Grenzschützer in seinem warmen Stüble auf: »Vorsicht

Karle, der Chef isch auf Inschpektionsreise, er muaß glei bei dir akomma.« Die Warnung hatte seinen Grund. Denn der Vorgesetzte vom Dienst hatte seinen Leuten extra eingebläut, auch bei schlimmster Kälte im Freien auf Wache zu stehen um die Schmuggler zu fassen.
Aber die erfahrenen Landser hatten genug von all den Durchhalteparolen und wollten nur noch überleben und drückten bei Verdächtigen auch öfters ein Auge zu. Denn eine Hand wäscht die andere, besonders, wenn ein Stück Rauchfleisch in der Manteltasche landete.
Aber Dienst ist Dienst und Schnaps ist Schnaps, und so kleidete der Grenzer sich schnell an, schnappte sein Gewehr, um vorschriftsmäßig die Zonengrenze zu bewachen. Um nicht aufzufallen, stellte er sich schnell unter einen Baum, schüttelte kräftig mit seinem Gewehr den Schnee herunter und kehrte tief verschneit auf seinen Posten zurück.
Kurz darauf kam auch schon sein Vorgesetzter und betrachtete wohlwollend seinen »eisernen Gustav«, wie er ihn später nannte, der Eis und Wind trotzte und treu auf Wache stand. Später erhielt er sogar eine schriftliche Belobigung für vorbildliches Verhalten im Dienst.
»Ein Männlein steht im Walde ganz still und stumm und hat vor lauter Schnee und Eis ein Mäntlein um« – so sangen später seine Freunde, wenn sie ihn auf die Schippe nehmen wollten.

Die Hühner aus Nachbars Garten

Am 21. April 1945 trat der Büttel von Justingen, im Dritten Reich, zum letzten Dienst an. Als nämlich bekannt wurde, dass Westerheim in Flammen stand, da versprengte Einheiten noch Widerstand leisteten, ging folgende Meldung an die Dorfgemeinschaft: »Wer Justingen verlassen will, muss es sofort tun, denn die Alliierten werden in wenigen Stunden hier sein.«

Gegangen ist allerdings niemand – wohin auch? Man vergrub die wertvollsten Habseligkeiten im Garten, versteckte Notrationen im Heu und Stroh und brachte sich so gut wie möglich in Sicherheit. Ein paar Stunden später rückten die Amis mit den ersten Panzern ins Dorf ein. Es blieb alles ruhig, denn der Schmied hatte unbemerkt am Kirchturm ein weißes Leintuch aufgehängt.

Es entwickelte sich unter den Amerikanern und den Dorfkindern ein reger Kleinhandel. Die einen waren scharf auf frische Eier, die anderen auf Schokolade und Freiflüge vom nahe gelegenen Notflugplatz aus. Doch die Freundschaft war von kurzem Bestand, denn die Gemeinde wurde der französischen Zone zugeschlagen, und da wehte gleich ein anderer Wind.

Die Speisekammer der Franzosen war bei weitem nicht so gut gefüllt wie bei den Amerikanern, und so wurde bald durch Notgesetze geregelt, wie viel Vieh z. B. jeder Bauer halten durfte. Der Rest wurde beschlagnahmt und wanderte in die französischen Gulaschkanonen oder weiter nach Frankreich.

Als dies bekannt wurde, begann ein großes Wehklagen

unter den Bauern, denn ihr Vieh war ihr wertvollster Besitz. Doch die Bauern waren nicht auf den Kopf gefallen und versteckten ihr Vieh an den unmöglichsten Stellen.
Bis heute überliefert sind die Tricks des Justinger Originals »Ludsepp«, seines Zeichens Bauer und Totengräber im Ort.
Als die Kontrolleure seinen Hof betraten und sich dem Stall näherten, begann die Futterhäckselmaschine zu rattern und erzeugte aus dem extra zusammengesuchten, verschmutzten Heu eine riesige Dreckwolke im Stall und in der Scheuer.
Unter dem »Briazg«, auf Hochdeutsch »zerkleinertes Heu«, hatte dieses Schlitzohr in einem Lattenverschlag zwei Schweine versteckt, und ihre Anwesenheit und ihr Grunzen wurde bei diesem Staub, Heu und Maschinengeknatter nicht entdeckt.
Die Herren vom Amt zogen auch schnell wieder von dannen – Richtung Hühnerstall, um dort fündig zu werden.
Darauf war der »Ludsepp« allerdings nicht gefasst. Als nun die Viehzähler ihren Meldeblock zückten, riss unser Bauer das Gatter auf und fluchte dabei laut: »Ja, sen meim Nochber seine Henna scho wieder dohenna, dauernd fressad sie mir's Zuigs weg«, scheuchte sie auf den Hof und die Wiesen und eine genaue Zählung war unmöglich.

Nicht aufs Maul gefallen

Als einmal der Pfarrer den Jacobvetter fragte: »Was moinscht au was dr liabe Gott da ganza Dag em Hemmel macht?«
Sagte der Jacob: »Der macht grad was'r will.«

Ein Bauer fuhr mit einem Wagen voller Heu nach Ulm, um es beim Militär abzuliefern.
Obendrauf saß im besten Sonntagshäs seine Frau, wollte man doch anschließend einen Besuch bei Müllers Bäsle machen.
Der Militärposten, ein frecher Spötter, fragte den Bauern: »Wie teuer ist denn die Henne oben im Heu?«
Der Bauer: »Dui Henn isch net foil, abr de erschte Oier wo se legt, kriagsch du.«

Der Knödelfriedhof

Seit der Hans in Rente ist, schmeckt es ihm besonders gut. Er ging auf wie eine Dampfnudel. Als seine Anna einmal vom Doktor zurückkommt, sagt sie: »Du, dr Doktor macht sich ernschtlich Sorga wega deim Bauch.«
Hans: »Was gangat mi dia Sorga vom Doktor a!«
»Und zudem hat er mir aufgetragen, ich soll dir in Zukunft nur noch 4 statt 8 Knödel kochen.«
»Was, so wenig«, bemerkte er kläglich.
Als seine Anna ihn so unglücklich sitzen sah, sagte sie tröstlich: »No mach se halt drfir a bissle greßer.«

Beerdigung

Eine ältere Bäuerin marschierte in ihrem dunklen »Häs« zum Dorf hinaus, als sie der Straßenwart fragte: »So, got mr zur Leich?«
Bäuerin: »Jo, nach Ehschtetta nüber, em katholischa Pfarrer sei Muader isch doch gschtorba.«
Straßenwart: »Ja wia, derf a katholischer Pfarrer iberhaupt a Muader han?«

Die Tränen Gottes

Ein frommer, etwas einfältiger Bauer zog vor langer Zeit nach Ulm, um endlich das hochgepriesene Gotteshaus, das Ulmer Münster, in Augenschein zu nehmen. Es war das erste Mal, dass er in Ulm war, und ehrfürchtig betrachtete er die Kathedrale des Seelenheils und das Treiben darum herum.

So gelangte er auch auf den Ulmer Weinmarkt, auf dem bis zu hundert Fuhrwerke voll mit Wein zum Verkauf standen. Vor lauter Staunen bekam er fast die Maulsperre. Als er gar zum ersten Mal in seinem Leben Wein probierte, fragte er ganz erstaunt den Wirt: »Was isch au des fir a guater Mooscht?«

Dieser, nicht aufs Maul gefallen, antwortete: »Das sind Gottestränen.«

Das Bäuerlein meinte dazu: »Oh, liabr Gott, worom hosch au net auf dr Alb a bissle gheilt.«

Schwäbische Gastfreundschaft

Über die Gastfreundschaft der Schwaben wird viel gelästert, gelten sie doch als die Schotten Deutschlands.
Schwäbische Einladung: »Also no kommat no glei nach am Essa, dass'r bis zom Kaffeetrenka wieder drhoim send.«
Es ist aber auch überliefert, dass der Schwabe einem Gast immer noch etwas vom Essen oder Kuchen einpackt. Wenn ein Schwabe von einem Besuch heimkommt und er hat nichts dabei, »no moint'r emmer, er hät was vergessa«.
Besonders gern gesehene Gäste bekommen z. B. zur Zwischenmahlzeit »Brezeln mit Butter«, unwichtige Gäste Brezeln ohne Butter und Gäste, auf die man gerne verzichten würde, bekommen Brezeln ohne Butter und Salz, weil dieses doch auch den Durst fördern würde.

Hausgewitter

Nichts taten die Suppinger Bauern lieber, als im »Lamm« sich gegenseitig etwas abzuhandeln. Eines Tages hatte der Schultesbauer seinen Nachbarn endlich so weit, dass er ihm sein braunes Kalbl verkaufte. Mit Handschlag und ein paar Bier wurde der Handel besiegelt. Doch das Geschäft hatte er ohne seine Lina abgeschlossen. Denn sie hing besonders an ihrer »Braunen«, zudem die von der Agnes abstammte und die hatte sie von ihrem Vater zur Hochzeit bekommen. Auf jeden Fall tobte sie wie eine wild gewordene Hornisse in der Küche herum, sodass es ihrem Karle ganz anders wurde und er schleunigst das Feld räumte und den Schultesbauern kleinlaut bat, den Kauf doch rückgängig zu machen.

Um des lieben Friedens Willen gab der mit der Auflage nach, dass am Freitag im »Lamm« ein Fass Bier fällig sei. Der gute Karl, ganz selig, nochmals mit einem blauen Auge davongekommen zu sein, war sofort einverstanden und machte seiner streitlustigen Lina sofort Meldung.

Und hoch ging es dann her, denn nichts schmeckt besser als Freibier. Auch Schuster Paule hatte Wind davon bekommen und schloss sich den Zechern an.

Als dieser dann gegen später gut geladen nach Hause kam und in der Küche herumlärmte, bekam er Ärger mit seiner besseren Hälfte. Das wurde ihm aber zu viel des Guten und er sprang auf den Tisch, setzte sich im Schneidersitz darauf, spannte seinen Schirm auf und verkündete seinem baff erstaunten Weibe: »Do hanna bleibe so lang hocka, bis des Gwitter vrbei isch.«

Eine durstige Seele

Der Ochsenbauer hatte einen langen Weg hinter sich, war er doch morgens um vier Uhr Richtung Reutlingen zum Viehmarkt aufgebrochen und hatte dort auch seine zwei Rinder gut verkauft. Nun war er wieder glücklich auf seiner Alb gelandet, und zur Feier des Tages kehrte er noch beim Adlerwirt ein, um schnell ein Bier zu trinken, wie er sagte.

Aber auf einem Bein kann man schlecht stehen, meinte er, und bestellte noch ein zweites, ein drittes und viertes, und irgendwann fiel er vom Hocker und begann fürchterlich zu schnarchen. Ein paar kräftige Burschen erbarmten sich seiner, schnappten ihn am Schlawittig und transportierten ihn im Schubkarren zu seiner Gretl.

Diese bedankte sich überschwänglich bei den hilfsbereiten Burschen. Einer fragte ganz überrascht, warum sie sich noch so freundlich bedankte.

Gretl: »Ha, wenn ma a Metzelsupp kriagt, bedankt ma sich doch au, wie viel mehr dann erscht bei ra ganza Sau.«

Die Liebe geht durch den Magen

Wie sagte doch die Bäuerin:
»Kocha dua'e wie'e ka, was d'Sau net frisst, des frisst dr Ma.«
Als nun die genannte Bäuerin krank daniederlag, kochte ihre bessere Hälfte mehr recht wie schlecht eine Wassersupp und brachte sie ihr ans Bett.
Sie würgte und schluckte und gab die Suppe mit der Bemerkung zurück: »Sei mr et bös, abr dui Supp breng i net na.«
Da zog der Bauer wieder in seine Küche und meinte im Hinausgehen:
»No schlag'e halt zwoi Oier nei ond iss se selber.«

Apfelklau

Was schmeckt besser als Äpfel und Kirschen aus Nachbars Garten! Besonders im Herbst, wenn dann auch noch die Nüsse reif sind, trifft man die kleinen Apfelräuber auf fremden Bäumen.
So stellte auch der Schultes von »Alda« eine von diesen Naschkatzen noch auf frischer Tat. Und er rief: »So Male, han'e de endlich erwischt, komm no ronter, dir wär'e ebbes verzähla.«
Worauf dr Bua ronter schrie: »Oh Schultes, wissat Se, i brauch et älles wissa ...«

Stürmischer Zeiten gedenk ich

Nach jahrelanger Trennung trafen sich zwei Freundinnen bei einer Beerdigung. Nach altem Brauch ging man anschließend in den »Hirsch«, wo zur Stärkung Hefezopf und Kaffee aufgetischt wurden. Die Männer unterhielten sich über die neuesten Schlepper, die Viehpreise und die Milchquoten.

Die Frauen dagegen konnten sich ausführlich über ihre Enkel, Schwiegertöchter oder ihre Ehegeschponste unterhalten.

Die Elsa fragte ihre alte Freundin Luise: »Sag mol, isch dei Karle emmer no so henter dr her wia friher?«

Luise: »Oh hör mr auf, friher hane fascht koi Zeit ghet d' Socka auszomziaha ond heit kennte drgega zwoi Paar schtricka bis där amol Anschtalta macht!«

Ein netter Gruß

Auf der Alb ist es üblich, neben dem üblichen Gruß auch noch etwas zur augenblicklichen Tätigkeit zu sagen oder den Gruß einfach wegzulassen, um gleich zur Sache zu kommen.
Das klingt dann so:
»So, duat ma hacka?«
»Isch mr au em Schtädle?«
»So, fährt mr au ens Hai?«
Bei einem aufkommenden Schlechtwetter und dem folgenden Blitz und Donner scheuten die Pferde und der Chrischtofbauer fuhr in den Graben, sodass der Wagen umkippte.
Sein Nachbar, der mit seinem Wagen vorbeifuhr, grüßte seelenruhig: »So, duat ma em Graba fahra?«

Brezelsupp

Einer meiner schreibenden Kollegen bekam überraschend Besuch, und da man sich schon lange nicht mehr gesehen hatte, gab's viel zu erzählen. Eh man sich recht versah, war's spät am Abend.
Mundelsheimer war wohl genug im Hause, aber nichts mehr zum Beißen. Das einzig Genießbare waren ein paar alte Brezeln, die als Dekoration an der Wand hingen.
Da beide schon eine leichte »Brezg« (Räuschle) im Gesicht hatten, staubten sie kurzerhand die Brezeln ab, zerkleinerten sie und kochten gemeinsam eine »Brezgasupp«. Sie soll noch mit etwas Wein verfeinert worden sein und hervorragend geschmeckt haben.
Nach dem Motto der Schwaben: »Jo nix vrkomma lau.«

Der Herr Pfarrer und das Wetter

Der Herr Pfarrer fragte den Michel: »So, wia wächst Frucht des Johr?«
Michel: »Schlemm siaht's aus, drengad regna sot's.«
Ein Jahr darauf stellte der Herr Pfarrer dieselbe Frage: »Ond wia siaht's aus des Johr?«
Michel: »Ha wa, dui Sonn, dr Boda isch z'viel z'trocka.«
Ein Jahr später sagte der Herr Pfarrer: »Abr des Johr muaß des Zuigs doch wachsa. So a guats Wetter hemm'r scho lang nemme ghet.«
Michel: »Des mag schon schtemma. Abr da Boda schlaucht's jesasmäßig.«

Die Visite

Als einmal der Amtmann zur Visite nach »Egna« gekommen war, um die Bücher zu prüfen, wurde er beim Bürgermeister zum Essen eingeladen. Die Frau Bürgermeisterin wollte es besonders recht machen und legte ihm eine Stoffserviette hin. Worauf dieser fragte: »Ja, kriagt Ihr Ma koina?«
Worauf sie antwortete: »Där braucht koina, des isch koi Trialer.«

Sei froh, dass du gesund bist

Früher, als die Gesundheitsfürsorge noch in den Kinderschuhen steckte, war auf der Alb der Kropf stark verbreitet. Als eines Tages der »Kirchabauer« mit seinem Sohn auf den Ulmer Markt fuhr, sagte der Bua zu seinem Vater: »Sag amol, worom hent dia Schtädter koine Kröpf?« Darauf der Vater: »Net so laut, sei froh, dass du gsond bisch.«

Die liebe Rente

Wie sagte doch der alte Bauer immer:
»Wer glaubt wird selig, ond wer schtirbt wird schterrig.«
Ja, man glaubt gar nicht, wofür so ein alter Opa oder eine alte Oma alles gut ist.
Als der Ähne Jacob »en de Fuffzgerjohr« den Löffel abgeben wollte, meine seine Anna: »Jetzt behelf dr halt vollends, en drei Tag kommt dei Rente.« Gerüchte behaupten, man »häbe« ihn noch zwei Tage reglos am Fenster sitzen sehen.
Was duad mr net älles fir des liabe Geld!

Vom Wein und Most

Wenn die Bauern früher nach Ulm oder Reutlingen auf den Markt gefahren sind um ihr Holz zu verkaufen, waren sie stundenlang unterwegs und kamen im Herbst oft halb erfroren und verhungert auf die Märkte.
Nach getaner Arbeit zog man in seine Stammboiz und bestellte ein gutes Vesper, meistens war es ein dampfender Teller Kuttelsupp und ein Schoppen Wein.
Aber selten blieb es bei einem. Die Bedienungen wollten am Markttag natürlich auch ihren Reibach machen und so entspann sich manch lustiges Gespräch.
So, trenkt ma no a Gläsle?
I woiß au et.
Mei Maga sait jo,
abr mei Kopf sait noi!
Abr do jo dr Gscheitre nochgibt,
däde saga, ois got no nei.
Und da es früher üblich war, den oft recht sauren Wein zu würzen oder zu mischen, wurde dabei viel Schindluder getrieben. Manch ein Wirt verdünnte den Wein derart mit Apfelmost, dass die Kenner der Materie lieber gleich Most bestellten. Aus dieser Zeit stammt der Spruch:
»Breng mr au an Mooscht,
no woiß i glei,
dass koi Wei dren isch.«
Auf dem Rückweg zu ihren Höfen fuhr der eine oder andere auch in den Wald um auszuruhen.
Ganz »Agschlagene« machten Rast neben einer Holzbeig. Hie und da hörte man dann Hilferufe in den Wäl-

dern. Kam niemand, um dem armen Bauern zu helfen, wurde schnell das Holz aufgeladen und die billige Fracht auf dem schnellsten Weg nach Hause gefahren.
Wia hot sell Baur gsait:
»Ehrlich währt am längschta,
ond wer net klaut,
där kommt zua nix.«

Besuch in der Heimat

Ein Schwabe besuchte seine Eltern an Weihnachten in Geislingen und stellte nachts sein Auto in einem Halteverbot ab. In der Nacht hatte es geschneit und der Herr Sohn wollte sein Auto freischaufeln. Aber da stand schon der Herr Schutzmann und war im Begriff einen Strafzettel auszustellen. Der Sohn legte Protest ein, und das in bestem Hochdeutsch, so wie es ihm die Nordlichter beigebracht hatten.
Worauf sein Gegenüber es auch in Hochdeutsch versuchte. »Also nun stellen Sie sich mal vor, da möchte jemand mit einem 'Loiterwägale' vorbei, und dann?«
Worauf dem Herrn Sohn der Kragen platzte und er sagte: »Wenn do heit oiner en dem Schnee mit ma Loiterwägale kommt, no isch där et ganz bacha.«
»Do hen Se au Recht«, meinte unser Schutzmann, wünschte frohe Weihnachten und ging seines Weges.

Der sprechende Hund

Als der Schäfer-Luis beim Schulzabauer einen Besuch machte, um die Pferchbedingungen auszuhandeln, fragte ihn dieser: »Was gibt's au Nuis?«
Da erzählte er dem gutgläubigen und nicht zu hellen Bauern, dass es in Ulm jetzt eine Sprachschule für Hunde gebe. Aber das kam dem Bauern dann doch etwas merkwürdig vor. Darauf der Schäfer: »Ha, Papageia schwätzat jo au.«
Da meinte der Schulzabauer: »Do hosch recht, woisch was, wenn's nächschtmol nach Ulm fährscht, nemscht mein Hond mit.«
Schäfer: »Morga fahra, des koscht abr dreihondert Mark.«
Der Handel wurde wie üblich mit Handschlag besiegelt und der Schäfer nahm den Hund gleich mit.
In Ulm angekommen, wurde der Hund bei all dem Lärm und den vielen Menschen ganz nervös, riss sich von der Leine los und sprang direkt in ein Auto, und aus war der Traum.
Nach einigen Wochen fragte der Bauer nach seinem Hund. »Jo«, sprach der Schäfer, »nächscht Woch fahre wieder en d'Schtadt.«
Fünf Tage später kam der Schäfer ohne Hund zum Schulzabauer. Der fragte: »Wo isch mei Hond?«
Schäfer: »Jo schtell dr vor, wia'e dein Hond abgholat han, frogt der mi: 'Got dr Bauer emmer no mit dr Magd ens Hai?'.«
Bauer: »Oh Jessesmarie!«

Schäfer: »I hanen glei verschossa.«
Bauer: »Recht hosch ghet, solche Schwätzer kennat mir auf am Hof koine braucha.«

Uralt

Der Schumacher-Auguscht feierte dieses Jahr seinen 90. Geburtstag. Viele Gratulanten kamen, um dem Jubilar zu gratulieren, und einige fragten ihn: »Jo, wia hosch au des agschtellt, dass de so a hos Alter erreicht hosch?«
Auguscht: »Ha, emmer gsond glebt.«
Im Hinausgehen meinte sein Nachbar Schorsch: »Des isch koi Konscht so alt zom werra – wenn's Weib dreißig Johr vorher schtirbt.«

Der beste Freund

Der Adlerwirt fuhr mit seinem Hund und besten Freund Harro zum Tierarzt nach Stuttgart, um seinen altersschwachen Lebensgefährten gründlich untersuchen zu lassen. Auf dem Schlossplatz machten sie Rast, um erst mal kräftig zu vespern. Als er seinem Harro auch ein Stück Schwarzwurst zukommen lassen wollte, stellte er fest, dass diesen das Zeitliche gesegnet hatte.

Er machte sich große Vorwürfe, dass er nicht schon früher mit dem Hund hierher gefahren war. Da er sehr an seinem Hund gehangen hatte, beschloss er, ihn mit nach Hause zu nehmen, um ihn dort am Waldrand zu beerdigen. Er legte ihn vorsichtig unter die Parkbank und deckte ihn mit der alten Zeitung, in der sein Vesper eingepackt war, zu. Dann zog er los, um einen Karton aufzutreiben. In einem Elektrogeschäft war man so freundlich und gab ihm einen größeren Karton mit, in dem vorher ein Fernseher verpackt war. Da legte er seinen Harro hinein und verschnürte alles vorsorglich.

Auf dem Bahnhof angekommen, ertränkte er seinen Schmerz in ein paar Halben Bier. Um seinen Wasserstand in Ordnung zu bringen, suchte er die öffentliche Toilette auf. Als er aber zu seinem Tisch zurückkam, war zu seinem Entsetzen der Karton mitsamt Hund verschwunden. Er war so aufgebracht, dass er die Bahnhofspolizei verständigte, die ihm allerdings nicht glaubte und ihn in den Zug nach Amstetten setzte. Das war der Tag, als der Adlerwirt seinen besten Freund Harro gleich zwei Mal verloren hatte.

Die Hutzelbeerdigung

Früher war es üblich, dass wenn die Ernte gut ausfiel und etwas Geld übrig blieb, man fürs Alter vorsorgte und sich rechtzeitig Särge anfertigen ließ. Die kamen dann auf die Bühne und wurden nicht selten zu Lebzeiten zur Aufbewahrung von Hutzeln oder Säcken benutzt, um diese vor den Mäusen zu schützen.

Als es mit dem »Ähne« langsam zu Ende ging, wurde einer der Särge geräumt, und als er dann seinen letzten Atemzug getan hatte, in diesen Sarg gelegt und zur letzten Ruhe vorbereitet.

Ein paar Tage nach der Beerdigung, es war die Zeit vor Weihnachten, schickte man die Friedel auf die Bühne, um »Hutzla« zu holen, denn die Bäuerin wollte sie über Nacht einweichen und dann Hutzelbrot backen.

Als aber die Friedel den Sarg öffnete, lag der Opa drin und nicht die Hutzeln.

Auf jeden Fall schrie die Friedel wie am Spieß, und als der Bauer dazukam, sah er die Bescherung. Die Totengräber hatten den Sarg verwechselt und die Hutzeln begraben.

Und wer's nicht glaubt, ist selber Schuld.

Der Sandjackl

Der Sandjackl war ein Ulmer Original und verkaufte Anfang des 20. Jahrhunderts in Ulm Sand zum Reinigen der Böden und Kessel. Er zog mit seinem Esel und einem kleinen Holzkarren voller Sand, den er aus dem Donaukies heraussiebte, durch die Ulmer Gassen, und sein Ruf »Sa(n)d, Leit kaufat au Sa(n)d«, meldete sein Kommen an.

Eines Tages fuhr er den Lauterberg hinauf und sein Esel schaffte es kaum, den schweren Sandkarren hinaufzuziehen. Da hatte ein Passant Erbarmen und half, den Karren hochzuschieben. Der Sandjackl soll sich wie folgt bedankt haben:

»Dr Sandjackl will da Lautaberg nauf,
fescht glada, auf da Karra got nix meh drauf,
sei Esel där ziagt ond schnauft, dass'r schwitzt
ond oinaweg hot'n dr Jakob mit dr Peitsch no pfitzt.
A Herr hot Erbarma mit am Esel ond schiabt.
Des langohrige Diarle guckt gar so betrüabt.
Ond richtig, se kommat ganz guat oba a.
Dr Jakob bedankt sich als höflicher Ma.
So, dank schö Herrle, dui Angscht wär jetzt rom,
hau's glei denkt, dass e mit oim Esel ned nauf komm.«

Gaisburger Marsch

Da die Schwaben so genannte Nassesser sind, schmecken ihnen Gerichte mit viel Soß und Suppen besonders gut. Eine dieser Leibspeisen sind »Kartoffelschnitz ond Spatza«. Es war früher ein Arme-Leute-Essen ohne Fleisch, denn das war für die meisten Leute unter der Woche kaum erschwinglich. Nicht selten reicherte man die restliche Brühe vom Spätzles- oder Knödelessen wieder mit Spätzle und Kartoffeln an. Wer Schmalz hatte, schmälzte noch Zwiebeln an und gab so dem Essen den letzten Pfiff.

Seinen Namen »Gaisburger Marsch« soll dieses Gericht wie folgt erhalten haben:

Im Stuttgarter Stadtteil Gaisburg waren Soldaten stationiert. Die Produkte der dortigen »Gulaschkanone« entsprachen nicht immer dem Geschmack der dort Diensttuenden. Sie schmeckten ihnen ungefähr so, wie vielen unserer Studenten das Mensaessen.

Also machten sich, hauptsächlich Unteroffiziere, abends von der Bergkaserne auf den Marsch durch Gaisburg zur Bäckerschmiede, einem schwäbischen Wirtshaus, wo dieser Eintopf besonders köstlich zubereitet wurde, natürlich mit Fleisch.

Wia hot sell Bäure gsait:

»Femf hemmr glada, zeah send komma, leer Wasser en d' Supp ond hoiß älle willkomma.«

Der zerbrochene Krug

Der Krug geht so lange zum Brunnen bis er zerbricht. Und wegen eines ausgeliehenen Mostkruges ging eine nachbarliche Beziehung in die Brüche. Denn als der ausgeliehene Krug nach mehrmaligem Drängen endlich dem Besitzer zurückgegeben wurde, stellte dieser einen Riss am Boden fest. Er verlangte nun Schadenersatz. Sein Nachbar, der Hülenbauer, aber lehnte das Ansinnen rundherum ab. Worauf der Nachbar die Angelegenheit seinem Anwalt übergab. Das ging dann so vonstatten:
Bauer: »Was koscht des, wenn i Sia was frog?«
Anwalt: »Die Frog koscht nix, bloß d' Antwort!«
Nun langer Rede kurzer Sinn. Der Anwalt schrieb einen geharnischten Brief an den Hülenbauern mit der Aufforderung, den Schaden sofort zu begleichen.
Dieser nicht dumm, schrieb wie folgt zurück:
Erstens häbe er sich von seinem Nachbarn nie einen Krug ausgeliehen. Zweitens häbe der Krug schon einen Riss im Boden gehabt, und drittens sei der völlig unbeschädigt dem Nachbarn zurückgegeben worden.

Schwarzarbeit

Schon seit über 30 Jahren arbeitete »dr Marie ihr Done« im Steinbruch. Von heute auf morgen wurde dieser geschlossen und wie viele seiner Kollegen wurde auch er arbeitslos.
Nachdem er sein Haus gründlich renoviert und seinen Garten vergrößert hatte, wurde es dem fleißigen Schwaben langweilig. Als nun die »Saukätter« an ihn herantrat und bat, beim Saustallumbau zu helfen, ging er engagiert ans Werk.
Aber es dauerte nicht lang, bis ihm ein Brief vom Arbeitsamt ins Haus flatterte, mit dem Hinweis, sich umgehend zu melden, da er einen Leistungsbetrug begangen habe. Der Mann schrieb nun zurück:
»Ich möchte Sie darauf aufmerksam machen, dass ich nur für 8 Stunden am Tage Arbeitslosengeld beziehe. Das heißt, dass ich mit meiner restlichen Freizeit anfangen kann was ich will. Zudem ist die ‚Saukätter' eine alte Freundin meiner Frau, und außer einem guten Vesper bekomme ich nix.«

Hosenspanner

Noch in meiner Jugend gehörte Prügel zu den Erziehungsmaßnahmen der Lehrer. Tatzen, also Schläge auf die offene, ausgestreckte Hand, waren an der Tagesordnung. Hosenspanner waren noch mehr gefürchtet, denn Schläge mit einem Haselnussstock auf den gespannten Hosenboden tat verdammt weh. Nicht umsonst schätzten viele meiner Klassenkameraden ihre Lederhosen.
In einer Dorfschule auf der Ostalb trieb es ein Dorfschullehrer besonders schlimm. Übermäßig oft und hart traf es den Sohn vom Adlerwirt. Als dieser nun im Herbst seine Sau schlachtete, füllte er in ein Stück Darm Blut ab, und sein Sohn steckte es in seine Hose. Als der Lehrer ihm dann den Hosenboden versohlte, platzte der Darm und das Blut floss in Strömen die Beine hinunter. Unter großem Geschrei floh der Junge aus der Schule, mit dem Ergebnis, dass der Lehrer versetzt wurde.
Ein ähnlicher Fall hat sich in Weidenstetten zugetragen. Der dortige Schmiedjakob sah den Nachbarjungen mit hängenden Schultern und Leidensmiene zur Schule wandern. Er rief ihm zu: »Du kommsch jo heit drher wia's Leida Chrischti, wo fehlt's dr denn?«
Bua: »I kriag heit Hosaschpanner!« Der Schmied erinnerte sich an seine Kindheit und wollte dem Unglücksraben helfen.
Schmied: »Komm her, i schieb dr a Schtickla Blech en d'Hos, no duad's net so weh.«
Gesagt, getan. In der Schule aber wunderte sich der schlagkräftige Lehrer über die sonderbaren Töne aus der

Hose. Der Junge musste vor versammelter Klasse seine Hose ausziehen und unter großem Gelächter kam das Stück Blech zum Vorschein.
In solchen Fällen empfahl mir ein Freund: »En d'Schual zieh i emmer zwoi Onderhosa a.«

Saustall

Er war ein armer Tagelöhner mit einem kleinen Gütle und einem steinigen Acker. Seine kleine Schweinezucht war sein ein und alles. So störte es ihn auch nicht, dass sein Schlafzimmer neben dem Schweinestall lag, gab der doch im Winter sogar noch etwas Wärme ab.
Als der Doktor einmal bemerkte, dass das nicht gesund sei, bemerkte der Schweinehalter: »Des ka i mir et vorschtella, bis jetzt isch no koi Sau verreckt.«

Aushausig

Wenn's Weib mit einem Schurz aus dem Haus mehr hinausträgt als wie hinein, galt sie seit altersher als »aushausig«.
Als eine Bäuerin in der Winterzeit Spätzle kochte und am Tisch verkündete, sie hätte in den Teig »a ganz halb's Oi nei do«, bekam sie vom Bauern einen strafenden Blick zugeworfen. Denn in der kalten Jahreszeit hielten die Hühner ihre Winterruhe, und die Eierproduktion begann erst wieder im Frühjahr.
Genauso kostbar waren in der guten alten Zeit abgelegte Zeitungen. Denn diese erschienen damals nur einmal in der Woche und wurden vom Bauern bis hinunter zum letzten Knecht gründlich studiert. Danach benutzte man sie als Isoliermittel, indem man die gegipste Wand mit »Mehlbäb« (Kleister) aus Roggenmehl einstrich und sie mit Zeitungen tapezierte. Darauf kamen dann die Tapeten.
So lesen wir in einer Bekanntmachung vom 1. Juni 1903, dass der Maler Ulrich Müller vom Schultheißenamt 15 Kilo Zeitungspapier zu 6 Pfennig das Kilo erworben hat.
Als eine »Reingeschmeckte«, also eine neu in den Ort zugezogene Frau, im Gemeindebackhaus das Reisig mit einer alten Zeitung anzündete, meinte eine gebürtige Zainingerin: »Ha, du bisch ganz schö aushausig, zom Azenda nemmt ma doch a Bündel Schtroh.«
»Oh, Entschuldigung«, meinte die Neue. »Ich lasse mich gerne belehren.«
Nachdem so der Friede wieder hergestellt war, meinte

die Einheimische: »Zeitonga nemmt ma doch zom Tapeziera.«
»Was, net auf's Klo?«
»Ha noi, auf's Klo nemmat mir Moos.«
Also, schon früher galt: »Ohne Moos nix los.«

Kegelausflug

Der alljährliche Kegelausflug stand vor der Tür, was die liebe Mathilde immer am liebsten verhindern würde, denn sie befürchtete das Schlimmste für ihren Ottokar. Besonders die vielen fremden Frauen lauerten doch nur darauf, die armen Männer zu verführen.
Und als der besagte Tag angebrochen war, verabschiedete die ängstliche Ehefrau ihren Mann mit den Worten: »Also Ottokar, merk dr ois, was drhoim omsonscht kriaga kasch, drfir brauchscht en dr Fremde koi Geld ausgeba.«

Schwarzer Brei

Zur Herstellung des »Schwarzen Breis«, wie ihn die Älbler nannten, gehörte auch das richtige Musmehl, das je nach Haushalt und Dorf verschieden hergestellt wurde. So heißt dieser Brei in der »Hoidener« Gegend (Heidenheim) »Häbers-Mus«, was auf Hafer schließen lässt. Andernorts bestand das Musmehl nur aus Dinkel.
Kenner der Materie mischten ihr Musmehl je zu einem Drittel aus Dinkel, Gerste und Hafer zu einer Spezialmischung. Aber alle Getreide bzw. Mischungen wurden einer Röstung unterzogen.
Die einen rösteten ihr Getreide im hauseigenen Herd. Vielerorts leerte man das Getreide nach der letzten »Bachade« in den Backofen des Gemeindebackhauses, wo es mit der eisernen Kruk hin und her geschoben wurde, bis es braun geröstet war. Aus einem Hof ist mir bekannt, dass ein Sack Getreide in den leicht abgekühlten Backofen geleert und über Nacht zum Rösten gelagert wurde. Das geröstete und abgekühlte Getreide brachte man anschließend in die Mühle, wo es dann zu Musmehl verarbeitet wurde.
Noch weit ins 20. Jahrhundert hinein war der Schwarze Brei auf der Alb das obligatorische Frühstücksessen. Dabei kam die Muskachel auf dem Pfannenknecht auf den Tisch, und alle aßen gemeinsam den mit Butterschmalz abgeschmälzten Brei.
Natürlich gab es um die begehrte Schmälze des Öfteren Streit, wie folgende Geschichte berichtet:
Ein ganz besonders geiziger Bauer zog mit seinem Löffel

eine Furche um den Rand der Kachel herum und sprach: »So läuft die Sonne und so der Mond«, und das ganze Fett lief zu ihm. Da platzte dem Großknecht der Kragen und er nahm die Pfanne am Stiel, schlug sie dem Bauern auf den Kopf und schrie: »Und so schlägt der Blitz ein.«

Der Herr Pfarrer und seine Schäflein

Als zwischen 1910 und 1920 auf der Alb die Dörfer an das Stromnetz angeschlossen wurden, kamen natürlich auch viele fremde Arbeiter in die Ortschaften, die von der Bevölkerung mit Argusaugen beobachtet wurden.
So hielt der Pfarrer von Indelhausen an einem Sonntag eine besonders eindringliche Predigt an seine Gemeinde. »Es sind fremde Zugvögel in unser so friedliches Tal gekommen. Sie stehen im Wiesengrund und schreien 'Hau ruck'. Ich sage nur: 'Mädchen gebt acht!'«
Demselben Herrn Pfarrer brachte eines Tages ein Mädchen ein Kännchen Milch.
Der Herr Pfarrer meinte: »Ja, wieso au des, ihr hent doch selber nix.«
Das Mädchen antwortete: »Des hot mei Vaddr au gsait. Abr mei Muddr hot gmoint, dui Milch ka bloß jemand trenka, der net woiß, dass do a Maus neigfloga isch.«

Kanzelfurzer

Der Josef war schon länger nicht mehr beim Beichten. Der vorwurfsvolle Blick des Herrn Pfarrer verstärkte sein schlechtes Gewissen von Woche zu Woche, bis er es nicht mehr aushielt und zur Beichte eilte. Um es kurz zu machen und wieder auf seinen Acker zum Distelstechen zurückkehren zu können, bekannte er: »Ich habe gesündigt in Gedanken, Worten und Werken.«

Aber dem Herrn Pfarrer war das nach so langer Zeit zu wenig und er bohrte weiter nach Verfehlungen des sündigen Bauern. Doch diesem wollte partout nichts mehr einfallen und alles brauchte der Pfarrer ja schließlich auch nicht wissen. Da erinnerte er sich an den letzten Winter mit seiner Affenkälte, wo er, anstatt ins kalte »Häusle« hinters Haus zu eilen, die Blumenstöcke seiner lieben Emma begoss, die außer Haus war. Diesen Vorfall beichtete er nun dem neugierigen Seelsorger.

Pfarrer: »Nun, ich denke, der Herr wird dir diese Verfehlung vergeben. Mir ist bei der Predigt auch schon ein ‚Fürzlein' entwichen. Zur Wiedergutmachung bringst du mir am Sonntag in die Kirche ein Stück Käs mit.«

Bei der Sonntagspredigt schaute der hungrige Pfarrer auf den Bauern, der keine Anstalten machte, ihm den Käs zu geben. Da platzte ihm der Kragen und die Predigt endete mit den Worten: »Verdammt sollen die sein, die unrein sind, die Blumen schänden und den Käs vergessen.«

Worauf der Bauer geantwortet haben soll: »Kanzelfurzer, dr Käs isch no net räs.«

Der Landarzt

Die Justinger erinnern sich noch mit Schmunzeln an ihren alten Doktor. Seine Einkünfte müssen recht mager ausgefallen sein, denn seine erste Amtshandlung beim Patienten war der Gang in die Küche, um den Inhalt der Töpfe zu inspizieren. Danach stellte er sein »Kächale« auf den Herd, um darin seine Spritzen und Instrumente auszukochen.

Hatte die Bäuerin womöglich frisch gebacken, dann lobte er das Bauernbrot über den Schellenkönig und zog recht hörbar den Duft des neuen Brotes durch die Nase, bis die Bäuerin nicht umhin konnte zu fragen, ob er ein Stück möchte.

Als eines Tages eine Bauersfrau sagte: »Im Moment ist keines angeschnitten«, meinte der Herr Doktor, ihm sei's egal, er könne es auch selbst durchschneiden. Packte es unterm Arm und entschwand rasch nach Hause.

Anfangs der vierziger Jahre kam er noch hoch zu Ross, später dann mit einer Kutsche zu seinen Patienten. Nach dem Krieg war er mit seinem Motorrad bei Wind und Wetter unterwegs.

Eines Tages wurde er auch zu einer Wirtshausschlägerei gerufen. Einer der Beteiligten lag reglos auf dem Boden und der Wirt bemerkte: »I glaub der isch he« – worauf der Doktor sagte: »Keiner rührt ihn an, bis die Polizei da ist.« Worauf der angeblich Tote hinzufügte: »Nix isch, der Leichnam schtoht auf.«

Und es wurde Licht

Eine alte Bäuerin konnte sich noch gut daran erinnern, wie ihre Petroleumlampe plötzlich ausgedient hatte und 1914 ihr Haus an die Stromleitung angeschlossen wurde. Die Leute standen genauso staunend vor ihren hellen Räumen wie 1870, als erstmals auf der Alb in der Küche Wasser aus der Rohrleitung plätscherte.

Noch gut erinnere ich mich an unser erstes Telefon und an die Angst von uns Kindern, den Hörer abzuheben, wenn es klingelte.

Nicht anders muss es einem Bauern gegangen sein, der erstmals 1912 mit dem Bauernverband einen Wochenendausflug nach Zürich gemacht hatte. Nach einem feuchtfröhlichen Abend kehrten alle in die Pension zurück, um ihre schweren Häupter auszuruhen. Doch plötzlich wurden sie durch ein lautes Gepolter aufgeschreckt. Bei der Suche nach der Lärmquelle landeten sie im Zimmer ihres Zechkumpans Anton, der gerade wieder im Begriff war, auf den Tisch zu steigen, von dem er vorher abgestürzt war.

Als seine Mitreisenden fragten, was er denn auf dem Tisch wollte, antwortete er: »Ha, 's Licht ausblosa, vielleicht könnat 'r helfa, i ka blosa soviel'e will, des Glomp got et aus.«

Die Glühbirne war damals noch für viele Zeitgenossen ein Ding mit sieben Siegeln.

Und für viele war »des neumodische Glomp« auch zu teuer. So gab es spezielle »Glühbirnenschüttler«, die umherreisten und die teuren Glühbirnen reparierten. Sie schüttelten dabei die defekte Birne, die unter Strom stand, gefühlvoll hin und her, bis sich die Drähte wieder berührten und verschmolzen. Diese Spezialisten waren besonders nach dem letzten Krieg gefragt, als die Glühbirnen Seltenheitswert besaßen und manch ein Hamsterer sie im Zug aus den Lampen schraubte, um sie beim Bauern gegen Mehl einzutauschen.

Spaziergang mit Gabel

In Neenstetten gab es einen größeren Bauernhof mit viel Gesinde und dem so genannten Altbauern, der schon an die achtzig Lenze auf dem Buckel hatte. Er war ein alter Schaffer, so ein richtiger »Wuahler«, eben ein Älbler von altem Schrot und Korn, der auf die Arbeit nicht verzichten konnte.

Man sah ihn, je nach Jahreszeit, entweder mit einer Hacke oder Gabel auf der Schulter leicht gebückt durchs Dorf wandern. Wenn man ihn ansprach: »Wia got's au emmer so?«, jammerte er über die harte Arbeit auf dem Feld und bemerkte nicht selten, es sei halt »nemme des, ond's Alter isch halt scho a hart's Los.« Dabei wusste jeder im Dorf, dass er die Arbeit nur vortäuschte, und bis ins hohe Alter sah man ihn mit seiner Gabel durch das Dorf und die Felder wandern.

Hans im Glück

Der schönste Mann vom Donaustrand, unser lieber Hans, hatte wohlbehalten das Mannesalter erreicht und lud als überzeugter Junggeselle zu seinem Vierzigsten seine ganze Verehrerschar ein.
Hoch ging es her, er versprühte seinen Charme, dass es funkte. Seiner neuen Eroberung zog er in später Stunde die Stöckelschuhe aus, füllte sie mit Sekt und stieß damit auf das Wohl seiner Gäste an. Wir kugelten uns vor Lachen. Dann fing die ganze Bagage auch noch an, Syrtaki zu tanzen. Alle hängten sich beim nächsten Nachbarn ein, und bei griechischer Musik ging's immer an der Wand entlang, quer durchs Lokal. Als am Ende der Musik alles übereinander stolperte und am Boden lag, konnte mancher vor Lachen nicht mehr aufstehen. Die Stimmung hatte seinen Höhepunkt erreicht, als ein guter Freund uns noch in seinen Weinkeller einlud.
Mit großem Hurra verließen wir den freundlichen Wirt und stiegen hinab in die Unterwelt, um ihre Schätze zu heben. Doch irgendwann in den Morgenstunden begann das große Abschiednehmen. Unser lieber Hans begleitete in leichter Schräglage seine neueste Eroberung Richtung Heimat. Allerdings nur bis zur Haustüre, denn hier endete das Fest mit einem langen Abschiedskuss.
Manche Schwaben werden ja bekanntlich mit Vierzig »gscheit«, bei unserem Geburtstagskind hatte es allerdings noch nicht gefunkt. Denn er setzte sich in sein Auto und nahm Kurs Richtung Heimat. Allerdings kam er böse vom Kurs ab. Denn unser Eroberer der Frauenher-

zen eroberte in dieser Nacht auch noch den benachbarten Militärstützpunkt, bei dem er mit Vollgas durch die bewachte Pforte fuhr, weiter in Richtung Heizkraftwerk, wo ihn erst ein riesiger Kokshaufen stoppen konnte.
Vom Kohlenhaufen befreit, fanden die Feuerwehr, die Polizei und der angereiste Notarzt einen selig schlummernden »Hans im Glück«.

Drei Esel

In Gerstetten fuhr einst der Hülenbauer, ein Kleinbauer, im Volksmund auch als »Krettamischter« bekannt, mit seinem Karren, der von einem Esel gezogen wurde, durchs Dorf. Als er beim Kirchhofbauern, einem der Reichsten im Flecken, vorbeifuhr, rief dieser: »Jo, wo fahrad au ihr zwoi Esel na?«
Worauf dieser antwortete: »Ha, am dritta vorbei.«

Die Wette

Wetten, dass ich schneller laufe als ihr – dass ich mehr Knödel essen kann als du – dass ich den Sack Getreide mit einer Hand hochhebe – gewettet wurde seit Menschengedenken um alles oder nichts. Wohnt doch in jedem von uns ein kleiner Spielteufel.
Eine besonders ausgefallene Wette erregte im September 1900 in Öllingen die Gemüter.
Im »Hirsch« debattierten die Herren der abendlichen Tafelrunde die Neuigkeiten vom Ort und Drumherum. So hatte der ortsansässige Wagnermeister Renner in der Zeitung gelesen, dass ein Küfer aus Wien in 9 Stunden ein Holzfass über eine Strecke von 30 Kilometer gerollt haben soll, was bei den Anwesenden ungläubiges Staunen hervorrief. Der Wagner meinte: »Des isch koi Konscht, i wett mit jedem, dass'e a Wagarad en dr gleicha Zeit nach Ulm ond zrig roll.«
In der damaligen Zeit eine gewagte Wette, wenn man bedenkt, in welchem Zustand die Schotterstraßen sich damals befanden. Der Schultes, zugleich wohlhabender Pferdebauer am Ort, nahm die Wette an. Allerdings betrat nun die Frau des Wagners die Bühne des Geschehens, die aufs Schärfste protestierte und den Schultes regresspflichtig zu machen drohte, wenn ihrem Mann etwas zustoßen sollte. So wurde die Wette abgeblasen.
Als eines Abends ein wohlhabender Viehhändler am Stammtisch Platz nahm und von der Wette hörte, bot er dem Wagnermeister 20 Goldmark, sollte dieser die Wette annehmen und gewinnen. Jetzt war guter Rat teuer. Auf

der einen Seite musste er mit einem riesigen Ehekrach mit seiner lieben Emma rechnen, auf der anderen Seite lockten das Geld des Viehhändlers und die Anerkennung seiner Freunde.
So sprach er: »I dua's«, und besiegelte die Wette mit Handschlag. Als Termin wurde der 14. September festgelegt. Pünktlich um 12 Uhr, vom einzigen Fahrradbesitzer des Ortes als Kontrolleur begleitet, startete der mutige und mit kräftigen Handschuhen ausgestattete Wagner Richtung Ulm.
Auf der Strecke nach Langenau, die bergab führte, ging es gleich zügig voran. An der Albecker Steige kam er aber erstmals so richtig ins Schwitzen. Doch die beiden Radler hielten sich tapfer und erreichten zur ausgemachten Zeit das Gasthaus »Zum alten Hahnengarten« in Ulm.
Nach einem kräftigen Vesper und der schriftlichen Bestätigung des Wirtes radelten sie wieder Richtung Heimat. Immer noch gut in der Zeit erreichten sie Langenau, wo sie sich unter Beifall der staunenden Zuschauer im »Weißen Ross« ein Bier gönnten. Unter großem Hallo ging es nun, begleitet von einer großen Kinderschar, weiter Richtung Öllingen.
Dort hatte sich im »Hirsch« das halbe Dorf eingefunden, um seinen Helden zu begrüßen. Man feierte bis in die Nacht hinein, hatte der Wagnermeister doch die Wette gewonnen und das, obwohl es niemand für möglich gehalten hatte, in sensationell kurzen 7 Stunden.
Die Geschichte ereignete sich beim Niederschrieb auf den Monat genau vor 100 Jahren. Und bis heute hat es niemand gewagt, den Rekord zu brechen. Wie ist es meine Herren – die Wette gilt – wer schafft es schneller?

Der Repräsentant

Der erste Regierungspräsident in Baden-Württemberg, Theodor Heuß, war ein Staatsmann von großer Schlagfertigkeit. Beim Volke ist er bis heute beliebt, obwohl er ihm recht reserviert gegenüberstand, denn er hatte Witz und die Ausstrahlung eines Souveräns, der wusste, was er tat. Einmal gefragt, wie lange er für den Entwurf seiner hoch gelobten Rede gebraucht habe, bemerkte er nach kurzem Überlegen: »So an de drei Viertala.«

Im Plenarsaal war eine Diskussion angesagt und jeder der Anwesenden durfte seinen Senf dazugeben. Die ebenso langen wie langweiligen Reden machten den Regierungspräsidenten schläfrig. Er schloss die Augen und dachte lieber an etwas Angenehmeres. Schließlich bemerkte ein Sprecher: »Mir scheint, unser ehrenwerter Präsident ist eingeschlafen.«

Als Antwort kam: »Schee wär's gwä.«

Theodor Heuß schätzte nicht nur ein gutes Viertele vom heimischen Gewächs, sondern war auch ein begeisterter Zigarrenraucher, was ihm nicht nur Freunde einbrachte – was ihn aber wenig scherte. Ein honoriger Besucher, der sich mit ihm längere Zeit angeregt unterhielt, bemerkte diesbezüglich: »Herr Präsident, ich möchte Sie darauf aufmerksam machen, auf Ihre Weste ist Asche gefallen.« Worauf der ganz gelassen antwortete: »Des isch dui gwöhnt.«

Als Heuß 1958 England besuchte, war die politische Eiszeit zwischen unseren Ländern erst langsam am Abtauen.

Als er mit der Queen in der königlichen Kutsche zum Buckingham Palast rollte, ließ er sich durch den freundlichen Applaus nicht täuschen. Sein Kommentar: »Achtzig Prozent galten der Königin, zehn Prozent den Pferden und zehn Prozent kamen von deutschen Touristen.«
Ja, so war er halt, unser Landesvater.
Als 1982 Richard von Weizsäcker das englische Königreich besuchte, stellte er befriedigt fest: »Das Verhältnis zwischen unseren Ländern ist so gut, dass die Königin mich sogar ihren Pferden vorgestellt hat.«
Im Juli 2000 war das Verhältnis zwischen Britannien und Old Germany so zufriedenstellend, dass die Queen persönlich nach Berlin kam, um die neue Botschaft einzuweihen. Zur Festigung der Freundschaft beider Länder war in der Presse zu lesen, dass die Queen eines ihrer Pferde zu Ehren unseres Präsidenten nun »Johannes« tauft. »Besser ma kommt auf's Pferd als auf da Hond.«

’s Dötle von Gundershofen

Nach Feierabend oder wenn man auf der Durchreise war, besuchten Freunde und Verwandte gerne ’s Dötle in ihrer gemütlichen Wohnküche, um den neuesten Dorftratsch durchzuhecheln oder das Neueste vom Tage bzw. vom Täle zu erfahren. Sie war eine liebenswerte aufgeschlossene Frau, die sich über jeden Besuch freute und ihm von ihrem hoch geschätzten »Brodbiramooscht« kredenzte.
Manch hitzige Debatte wurde hier ausgefochten, denn den Moscht vertrug nicht jeder gleich. Aber sie kannte ihre Pappenheimer, und je nach Stimmungslage und Lautstärke der Besucher verdünnte sie den Moscht mit dem klaren Wasser der Schmiech und servierte ihn mit der Bemerkung: »So, do henner eiren Johanneswei«. Eingeweihte wussten dann Bescheid, dass es langsam an der Zeit war, die Rösser für die Heimfahrt einzuspannen.
Wenn mal welche ein wenig schwer von Begriff waren, konnte sie auch schelmisch fragen: »Was, scho elfe – ja dui bösa Uhr vertreibt mr no meine ganze Gäscht.«
Wenn das immer noch nicht fruchtete und die Herren der Tafelrunde so lang bettelten, bis sie noch ein Krüglein vom Keller holte, wo dann mehr Wasser wie Moscht darin war, servierte sie ihn mit der Bemerkung: »Sein Name war Johannes« oder »Sagat amol, hent ihr koine Bettr drhoim?«
Was soviel bedeutete, das war dann die letzte Runde.

Hühnerdiebe

Beim Bauern Fink, es war kurz nach dem letzten Krieg, brachen Landstreicher in den Hühnerstall ein und ließen ein paar von den Eierlieferanten gleich mitgehen. Ihr Pech war, dass der Bauer einen leichten Schlaf hatte und ihrem Raubzug ein jähes Ende bereitete und einen der Einbrecher überwältigen konnte.

Bei der Verhandlung im Amtsgericht ließ der Richter große Milde walten, was den Bauern recht verärgerte.

Als der Richter nun den Bauern aufforderte, auch noch eine genaue Beschreibung der örtlichen Baulichkeiten abzugeben, beschrieb der nicht auf den Mund Gefallene diese wie folgt:

»Also, da wo die Zuhörer sitzen wäre der Kuhstall, da wo ich sitze der Hühnerstall und bei Ihnen da vorn der Saustall.« Was im Gerichtssaal großes Gelächter auslöste.

Der getaufte Karpfen

Die meisten von uns kennen das Fasten nur als Mittel, um überflüssige Pfunde loszuwerden. Nur ganz wenige von uns sind in der alten Fastentradition aufgewachsen und wissen darüber Bescheid. Immerhin ist seit dem siebten Jahrhundert das vorösterliche vierzigtägige Fasten belegt. Hier wurde der Gürtel enger geschnallt, um so den lieben Gott mit diesem Leidensprozess gnädig zu stimmen. Im Mittelalter betrug die Fastenzeit nahezu ein Drittel des Jahres. Da wurde natürlich mit allen Mitteln getrickst und gemogelt, um an ein Stück Fleisch zu kommen.

So waren die grünen Nudeln am Gründonnerstag nach altem Brauch mit sieben verschiedenen Kräutern gefüllt. Nach altem Aberglauben sollten sie den Betreffenden vor Fieber schützen. Aber Sie haben es sicher sofort erkannt, es handelte sich hier um unsere so beliebten Maultaschen, in denen gut versteckt auch ein Stückchen Fleisch an den strengen Blicken des Herrn vorbeigeschmuggelt werden konnte. Nicht umsonst nennt sie der Volksmund auch »Herrgotsbscheißerla«. Und: »Dreimol schlecht gessa isch au gfaschtet«, meinte der Bauer und schob flugs die gebratenen Frösche ins Maul.

Ganz findige Burschen waren die Mönche. Denn um das fleischlose Einerlei etwas abwechslungsreicher zu gestalten, wurde von ihnen manchmal unerlaubte List angewandt.

So zerkleinerte der Bruder Küchenmeister das begehrte Stück Fleisch und formte daraus einen Fisch, denn alles was im Wasser lebte, war ja erlaubt.

Noch weiter ging der Herr Abt, er taufte das aufgetragene Spanferkel einfach um. Mit den Worten: »baptisto carpem«, wurde aus dem Kapaun oder Ferkel plötzlich ein Karpfen, der nun ohne schlechtes Gewissen verzehrt werden konnte.

Die Vegetarierin

Als einmal ein Touristenpärchen bei seiner Wanderung durch das Lautertal im »Adler« einkehrte, um sich zu stärken, bestellte die Frau einen Salat ohne Schinken, mit der Bemerkung, sie sei Vegetarierin. Da bemerkte ein Gast vom Stammtisch herüber: »No bassat's no auf, dass koi Schneck dren isch.«

Die Frau verbat sich diese Bemerkung und versuchte, dem Gegenüber den Vorteil und die Gründe der Vegetarier klarzumachen. Worauf die Antwort kam: »Dia henn mr gern, wo onsere Viecher 's Gras wegfressa.«

Raue Schale, weicher Kern

Gute Freunde nannten den bekannten Maler kurz und bündig »Helme«. Er liebte das Leben und seine Heimatstadt Ulm.

Wenn er jemanden nicht leiden konnte oder schlecht drauf war, konnte er sehr direkt werden.

Als ihn bei einer Vernissage ein Besucher fragte, welche Botschaft er denn mit seinen Bildern vermitteln wolle, knurrte der zurück: »I ben Moler ond koi Hellseher.«

Große Künstler scharten meistens auch eine große Schar von Bewunderern um sich. Viele von ihnen ließen sich auch in die Kunst der Aquarellmalerei einweihen. Wer in diesen erlauchten Kreis aufgenommen wurde, war meist selbst kein schlechter Maler.

Wenn ihm die Bilder seiner Anvertrauten nicht so recht gefielen, griff »Helme« selbst zum Pinsel und vollendete das Bild auf seine Weise. Als ihn einer seiner Freunde bat, das Bild doch bitte zu signieren, wurde er störrisch wie ein Maulesel und lehnte die Bitte ziemlich energisch ab, sodass es zu einer heftigen Auseinandersetzung kam.

Ziemlich aufgebracht verließ sein Freund das Atelier, wobei er ihm noch nachrief: »Ond was de jetzt denksch, des due au net.« Dabei war er eine Seele von Mensch und beschenkte seine Freunde großzügig mit seinen unvergessenen Bildern.

Der Hahn und die Henne

Der Präsident des Bauernverbandes besichtigte zusammen mit seiner Gattin und einigen Besuchergruppen einen Musterhof. Als dort der Gockeler gerade eine Henne beglückte, fragte die Frau des Präsidenten, wie oft denn der Hahn seiner Pflicht nachkomme.

»Dutzende Male täglich«, erklärte der Bauer, der die Gruppen herumführte. Nach einer kurzen Kunstpause bat sie darum, das doch auch ihrem Mann mitzuteilen.

Wenig später wurde der Präsident unterrichtet und ebenfalls Zeuge des potenten Hahnes.

»Sagen Sie einmal, treibt er es immer mit derselben Henne?«

»Nein, nein er wechselt ab, jedes Mal besteigt er eine andere aus seinem Harem.«

»Interessant, interessant«, bemerkte der Herr Präsident und schmunzelte und bat die Begleitperson, dies doch seiner Frau mitzuteilen.

Der Lindenwirt

Früher war es üblich, dass jeder Handwerker oder Wirt im Dorf »a Gütla« bewirtschaftete, um die Grundbedürfnisse seiner Familie abzudecken. So erinnere ich mich noch gut, wie der Schneider von Altheim mittags bei gutem Wetter immer seinen Geißbock einspannte, er es sich mit seinem steifen Bein auf dem »Loiterwägele« bequem machte und zu seinem Gütla mit anschließendem Obstgarten kutschierte.

Die Kleinbauern nannte man im Volksmund auch »Krettamischter«. Ihre heutige Berufsbezeichnung wäre wohl Nebenerwerbslandwirt. Sie fahren auch nicht mehr mit einem Geißbock oder ihren »Schaffküah« aufs Feld, sondern mit einem »Bulldock« (Schlepper). Und von so einem Kuhbauern erzählt folgender Vorfall.

Nach den endlosen und schrecklichen Religionskriegen war die Alb teilweise entvölkert, aus manchen Dörfern überlebten nur wenige Menschen in Wäldern und Höhlen. In Dottingen bei Münsingen soll nur der Totengräber, in einer Grabstelle versteckt, das Gemetzel überlebt haben.

Der Krieg hatte furchtbare Narben hinterlassen. Das Schlimmste aber war, dass nun die Religionsgrenze quer über die Alb verlief. So war Bremelau weiterhin katholisch, das benachbarte Mehrstetten aber evangelisch. Eines Tages fuhr der Lindenwirt mit seinen Kühen und einem Wagen voll frisch geschnittenen Klees über den Buckel am Rathaus vorbei, hinauf zu seinem Anwesen. Der Wagen war wohl etwas überladen, denn die Zugtiere

kamen trotz gutem Zureden und Peitschenknall nicht voran. Als gar eine der Kühe auf dem feuchten Weg ausrutschte und auf die Knie ging, schrie der Kirchbauer: »Schend au deine Küah net so.«
Im selben Moment schlug die Kirchturmuhr 11 Uhr, und der nicht auf den Mund gefallene Lindenwirt schrie zurück: »Woisch, dui isch von Bremelau, ond emmer wenn's schellat, knuilat dui zom Betta na.«

Münsterführung

Eine Münsterführerin von besonderem Format war Frau Metz. Denn kaum jemand kannte Ulm besser als sie. Bis ins hohe Alter führte sie Gruppen durch ihr geliebtes Ulm und das Ulmer Münster.
Besonders stolz war sie auf ihren alten Ulmer Dialekt, den kaum noch jemand sprach. Ihre Eltern betrieben in der Pfauengasse bis zur Bombadierung 1944 eine Spenglerei, wo ihr Vater noch von Hand Kupfergeschirr für die Puppenküchen herstellte. Ein paar Originale, die den Krieg überlebten, hütete sie wie eine Bruthenne ihre Eier. Und erzählen konnte sie. Es war eine Freude, ihr zuzuhören.
Ihre Geschichten sind unvergessen und haben es verdient, hier kurz skizziert zu werden. So erinnerte sie sich noch gut daran, dass früher in Ulm unterm Abguss in der Küche, in dem angebrachten Käfig, immer eine Gans gehalten wurde, um die Essensreste zu verwerten.
Aber die originellsten Anekdoten ranken sich um ihre Münsterführungen.
Sie hatte einen ganz besonderen, deftigen Humor, den sie oft kaum bändigen konnte. Mit ihrer forschen und direkten Art hatte sie die Lacher meistens auf ihrer Seite.
So führte sie einmal eine Gruppe Touristen durchs Münster, das sie durch ein Seitenportal verließen. Auf einem Gerüst arbeitete ein italienischer Restaurator. Nachdem sie ihren Vortrag beendet hatte, wollte der Arbeiter seine neuesten Sprachkenntnisse an den Mann bzw. Frau bringen und rief ganz stolz vom Gerüst herunter: »Habe Ma-

ria Kind gemacht« – und zeigte auf die betreffenden Figuren. Unsere Frau Metz, nicht aufs Maul gefallen, rief hinauf: »Wenn so weitermachsch, nähat se dr no dei Hosalädla zua.«

Eines Tages hatte sie eine ganz ausgefallene kleine Gruppe zu führen, und zwar handelte es sich um fünf katholische Mönche. Wie sie mir erzählte, waren es sehr stattliche Männer, die, in braune Kutten gekleidet, ihr aufmerksam zuhörten. Als die Führung dem Ende zuging, konnte sie es sich nicht verkneifen zu sagen: »'s ischt fei scho a Schand, dass so gschtandne Männer koine Weiber hent.« Zuerst einmal herrschte großes Schweigen. Einer der Anwesenden aus der Zunft der braunen Kutten zupfte sie dann am Arm und flüsterte ihr ins Ohr: »Man kann auch im Stillen Gutes tun.«

Ein anderes Mal führte sie eine größere Männergruppe durch ihre heiligen Hallen und fragte: »Was für ein Verein seit denn ihr?« Antwort: »Ein Posaunenverein.«

Sie verstand: Besamungsverein. (Manchmal hörte sie auch schlecht, absichtlich oder nicht, ist nicht überliefert.) Es folgte großes Gelächter und einer aus der Gruppe bemerkte: »Aber keine Angst, unsere Instrumente haben wir im Bus gelassen.«

Der Lebensretter

Es war einer jener Frühlingstage, die einem in der trüben Ulmer Winterzeit im Traum erschienen. Strahlend blauer Himmel, ein sonnenverwöhnter lauer Wind streichelte die ersten Frühlingsboten im Garten, unsere gefiederten Freunde zwitscherten um die Wette und die ersten Zitronenfalter führten ihre Kunststücke vor. Ein echtes Kaiserwetter, das auch den letzten Ofenhocker ins Freie lockte.
Sein Weg führte Anton in das Fischerviertel, vorbei am »Zunfthaus« Richtung »Schiefes Haus«. Beim Überqueren der schmalen Brücke über die Blau, die kräftig schnaubend der Donau zustrebte, entdeckte er an der Südseite derselben eine Entenmutter mit frisch geschlüpften Entenküken. Die zwölf Wonneproppen saßen auf einem bemoosten Stein, um sich zu sonnen, derweil die Entenmama ihr Nachmittagsbad nahm.
Er war nicht der Einzige, der sich nicht von diesem Idyll trennen konnte, und es kam kurzerhand zu einem echten Fußgängerstau. Das war Frau Ente dann doch zu viel und sie sammelte ihre Getreuen um sich und alle paddelten flussaufwärts schön hintereinander und immer an der Wand entlang.
Vom Publikumserfolg wohl übermütig geworden, schwenkte die Entenmama in die Mitte des Flüsschens, um zu zeigen, dass ihr Nachwuchs auch im Kampf gegen die Wellen bestehen konnte. Die Blau, sonst ein mehr ruhiges Gewässer, führte im Moment aber reichlich Schmelzwasser von der Alb, das zügig und wellenreich

zur Donau strömte. Die kleine Wuselschar, überrascht von der starken Strömung, wurde unter der Brücke hindurchgetrieben Richtung des nahen, geschlossenen Wehrs, wo ihre Reise prompt ein Ende fand.

Mutter Ente, froh, dass niemand zu Schaden gekommen war, führte ihre Kinderschar wieder zurück Richtung Brücke. Dort aber blockierte ein unüberwindbares Hindernis den Rückweg: Ein riesiger Baumstamm, der ein kräftiges Wellental verursachte, versperrte den Weg zurück in die heimatlichen Gewässer. Nach mehrmaligen Versuchen gaben die Enten ermattet ihre Bemühungen auf und saßen nun eingesperrt zwischen Wehr und Brücke im Niemandsland. Das Publikum hatte genug gesehen und ging seines Weges. Traurig, den kleinen Erdenbürgern nicht helfen zu können, schlenderte Anton zum Marktplatz, um dort ein Eis zu kaufen, das ihm zum ersten Mal nicht richtig schmecken wollte. Fünf Minuten später meldete der Tierfreund das Entendrama der Polizei, die die Feuerwehr alarmierte.

Fazit: »Eine Rettungsmedaille werden Sie dafür wohl nicht bekommen«, meinte schmunzelnd der freundliche Herr vom Verein der »Freunde und Helfer«.

Gretel und Olga

Angrenzend an unser Grundstück betrieb der Hirschwirt einen kleinen Viehhandel. Wobei zu sagen ist, dass der Handel hauptsächlich in der Wirtschaft stattfand. Da wurde oft stundenlang um ein Pferd gefeilscht, bis sich Bauer und Händler einig waren.
Eines Tages hatten wir einen neuen Nachbarn auf der Wiese. Es war ein weißes Pony, etwa 1,50 m hoch, auf dessen Hals ein D eingebrannt war. Nach Meinung unseres Vaters handelte es sich um ein ehemaliges Militärpony, das in Russland im Einsatz war. Sicher war es mit den Millionen von Flüchtlingen zu uns gekommen und suchte wieder einmal ein neues Zuhause.
Wir Kinder hatten es schnell in unser Herz geschlossen und fütterten es mit Löwenzahn und Brotresten. Als der Winter nahte, stand es ganz allein auf der Wiese, denn niemand wollte es haben. Es lag wohl an seinem Alter, denn der Händler schätzte es auf ca. 20 Jahre. Sein Schicksal schien besiegelt, denn beim ersten Schnee sollte es der Pferdemetzger holen.
Wir lagen unserem Vater täglich in den Ohren, dass das Pony doch bei uns leben könnte, zudem unser Hühnerstall leer stand. Eines Tages war es so weit. Es hatte die ganze Nacht geschneit, und das Pony stand mit hängendem Kopf und ca. 30 cm Schnee auf dem Rücken am Zaun und döste, dem Schicksal ergeben, vor sich hin. Der Schnee schien ihm übrigens nichts auszumachen, denn der ruhte auf einem ca. 5 cm dichten Pelz, der ihm im Herbst als Kälteschutz gewachsen war.

Aber bei uns zu Hause war der Teufel los. Wir bedrängten unsere Eltern aufs Heftigste, und als meine kleine Schwester, das Nesthäkchen und Liebling meines Vaters, noch auf die Tränendrüsen drückte, war die Schlacht gewonnen und das Pony stand abends bei uns im Stall.
Nach großem Familienrat tauften wir unseren neuen Hausfreund auf den Namen »Gretel«, denn es handelte sich schließlich um eine Pferdedame, wenn auch um eine recht eigenwillige, wie es sich noch herausstellen sollte.
Doch auch bei uns fühlte sie sich zeitweise recht einsam, besonders wenn bei uns Kindern Schulgang angesagt war. Wie heißt es doch: »Gleich und Gleich gesellt sich gern.« Und so freundete sich Gretel, von uns fast unbemerkt, mit einer fast blinden Pferdedame an, und zwar mit »Olga«, dem Haus- und Hofliebling vom alten Schmied.
Und das kam so: Jeden Tag fast zur gleichen Zeit wanderte der alte Schmied, er hatte so seine achtzig Lenze auf dem Buckel und noch in Ulm bei den Ulanen gedient, mit seiner Olga, die einen kleinen Holzkarren zog, an unserem Haus vorbei. Er hatte oben am Wald eine größere Wiese und einen kleinen Garten zu versorgen.
Nun, das tägliche Treffen zog sich immer mehr in die Länge und das tägliche Ritual endete damit, dass unsere Gretel in ein nicht endendes Wiehern ausbrach und vor lauter Abschiedsschmerz fast den Zaun umdrückte. Dasselbe Schauspiel wiederholte sich dann auch am Abend, wenn der Schmied heimwärts zog, um in der Ortsmitte seine Olga im Stall zu versorgen.
Nachdem eines Tages Olga sich weigerte, weiter zu marschieren, nahm der alte Gustl sich ein Herz und fragte

meinen Vater, ob er nicht unsere Gretel mit auf seine Bergwiese mitnehmen dürfe, seine Olga sei auch immer so allein. Von diesem Tag an waren die beiden bejahrten Pferdedamen nachmittags unzertrennlich und man sah sie vom Tal aus, oben am Berg beim gemeinsamen Grasen. Schlimm war es am Wochenende. Unsere Gretel stand dann den ganzen Tag am Zaun und wartete vergebens auf ihre Freundin. Es kam wie es kommen musste: Am Wochenende durfte sie zu Olga in den Stall, denn angeblich, so sagte der Schmied, fresse seine Olga nicht mehr, und nur die Gretel könne ihr noch helfen.
Die Pferde waren sich wohl einig, nur wir Kinder nicht. So fand man einen Kompromiss und unsere Gretel durfte die Nacht über zum Schmied in den Stall.
Vielleicht kennen Sie auch den Spruch: »Lassad au's Denka de Gäul, dia hent an größera Kopf« – und ein Schlaule war unsere Gretel ja schon. Denn sie brachte es fertig, mit ihren Zähnen unser Gartentor zu öffnen, um dann im Galopp zu ihrer Olga ins Städtle zu eilen. Heute sind beide im Pferdehimmel vereint und von niemandem mehr zu trennen.

Der Dorfschmied

Der Dorfschmied, damals auch gleichzeitig Tierarzt, wurde nicht selten um Rat gefragt.
Eines Tages kam ganz außer Atem der Schultesbauer zum Schmied gerannt und sagte: »Ich brauch ganz schnell ein Mittel für den Hägger (Schluckauf).«
Der Schmied: »Sag einfach mehrmals: Hägger schpreng ibr da Neckar, schpreng ibr da Rhei, schpreng ibr alts Weib, dass dr Hägger schtecka bleibt.«
Bauer: »Hilft nichts, hen mr scho probiert.«
Schmied: »Dann oifach länger de Luft ahalta.«
Bauer: »Hilft au net.«
Da holte der Schmied kräftig aus und gab dem Schultesbauern eine Ohrfeige, die sich gewaschen hatte. Da rief der Bauer: »Des isch ne fir mi, mei Lina hot da Hägger.«
Schmied: »Jetzt woisch jo wia's got, no schpreng no schnell wieder hoim.«
Daheim angekommen, war die Bäuerin bereits geheilt. Sie schenkte dem Unglücklichen dann für die erlittene Pein einen großen Obstler ein.
Wie sagte doch der Bauer: »'s Leba isch hart, manchmol bockelhart.«

Herkules der Siebenschläfer

Unser Siebenschläfer war ein echter Glückspilz. Eine Wandergruppe fand ihn im Glastal auf dem Weg liegend. Der junge Siebenschläfer war wahrscheinlich noch schlaftrunken aus seiner Baumhöhle gefallen. Noch halb bewusstlos wurde er in die Tasche eines Anoraks verfrachtet, und die Reise in eine ungewisse Zukunft hatte begonnen. Die Wärme der Tasche und das Gerüttel des Wanderers brachten die Lebensgeister des kleinen Nagers wieder auf Vordermann, und als die Wanderer in der Wirtschaft »Friedrichsruhe« Rast einlegten, erscholl ein hungriges Piepen aus der Jacke. Als die Kinder der Wirtsleute den Winzling zu Gesicht bekamen, war die Freude groß und man beschloss auf Drängen der Kinder, ihnen den kleinen Schreihals zur weiteren Pflege zu übergeben. Auf der Bühne wurde die Puppenküche ausgepackt, die sonst nur zu Weihnachten zum Spielen ins Wohnzimmer kam, und in den dort verwahrten Schoppen wurde lauwarme Milch gefüllt und der hungrige Patient damit gefüttert.

Unser kleiner Abenteurer fand Gefallen an seiner neuen Heimat. Besonders die gute Verpflegung hatte es ihm angetan und er entwickelte sich zu einem echten Prachtburschen. Ihm schien es zu gefallen, durchs Lokal zu spazieren und die Leute zu erschrecken. Mit dem Resultat, dass er eines Abends in einem Vogelkäfig in Sicherheitsverwahrung kam.

Aber nicht mit mir, dachte wohl der Kraftprotz und bog nachts die Drähte auseinander und entfloh. Die Wirtin hatte ihn in der Zwischenzeit so ins Herz geschlossen, dass sie ihren Liebling »Herkules« taufte und fortan, wenn er gegen Abend ausgeschlafen hatte, ihn in ihrer linken Brusttasche einquartierte. So konnte unser Siebenschläfer von seinem Hochsitz bequem die Gäste beobachten und fühlte sich pudelwohl, besonders wenn er zwischendurch mit Nüssen gefüttert wurde, die er mit seinen kleinen Vorderfüßen festhielt und genüsslich abnagte.

Doch eines Tages, Anfang Dezember, verließ unser Herkules seine freundliche Heimstätte und man sah ihn im nahen Wald verschwinden, um seinen Winterschlaf anzutreten.

Und ob Sie es glauben oder nicht, an einem schönen warmen Frühlingstag spazierte unser Ausreißer wieder über den Hof, etwas schlanker als im Herbst, und wurde von allen herzlichst willkommen geheißen.

Und wenn er nicht gestorben ist – dann lebt er heute noch.

Der schwäbische Salomo

Natürlich handelt es sich hier um niemand anderen als um den früher landauf, landab bekannten Oberamtsrichter Dodel, der von 1892 bis 1913 in Blaubeuren Recht sprach und als »Dodel« in die Geschichte einging.
Geboren wurde er am 25. März 1850 in Ebingen. Sein Vater, ein Rotgerber, erkannte rechtzeitig die Begabung seines Sohnes und ließ ihn Jura studieren. Wilhelm-Adam Dodel jun. bedankte sich bei seinen Eltern mit einem brillanten Examen. Seine Karriere begann 1878 in Marbach als Amtsrichter. Die Liebe führte ihn mit der Tochter des Söflinger Schattenwirtes und Brauereibesitzers Speidel zusammen, die er 1882 zum Traualtar führte.
Seine Beamtenlaufbahn war prächtig gestartet, kam aber ins Stottern. Denn an höherer Stelle war durchgesickert, dass er sich mehr als leger zu kleiden pflegte. Auf seinem schmalen Kopf saß ein breitrandiger Hut – sein Spitzbärtchen gab dem Ganzen das gewisse Etwas. Die Beine steckten meistens in Rohrstiefeln. Umhüllt wurde die legendäre Gestalt von einem faltenreichen Umhang, eine Art Mantel. Mit einem Fernglas bewaffnet, sahen ihn seine Mitbürger so durch die Hügel und Wälder ziehen.
Sein schrulliges Wesen und seine ausgefallene, aber gerechte Amtsführung brachten ihm in Blaubeuren den Ehrennamen »Weiser Salomo« ein. Die Ulmer verpassten ihm dagegen den Spitznamen »Blautalkretzer«. Überhaupt nicht passen wollte den hohen Herren in Stuttgart, dass ihr Richter seine Vernehmungen und Urteile in der Landessprache, also in Schwäbisch durchführte.

»Dodels« raue Älblernatur war ganz nach dem Geschmack der Landbevölkerung der Ulmer Alb, aber auch die Blaubeurer hatten ihn ins Herz geschlossen. Besonders hartnäckig verfolgte er die Väter unehelicher Kinder, was ihm viel Ehr bei den betreffenden Frauen einbrachte.
Als er einmal so ein Früchtchen gestellt hatte, es war auch noch der örtliche Kirchenpfleger, jammerte dieser los: »Warum hat mich der Herr so fallen lassen.«
Dodel: »Do wärat Se au besser auf d' Mischte gfalla.«
Der Angeklagte jammerte weiter: »Der Herr hat mich fallen lassen, Herr Amtsrichter – so hat mich der Herr fallen lassen.«
Dodel: »Abr ganz gwiß net auf des Mädle« – und mit dieser Bemerkung beschloss er den Sündenfall.
Im Grunde seines Wesens war er ein Gemütsmensch, der den Ausführungen der Angeklagten geduldig folgen konnte. Ging es aber überhaupt nicht vorwärts, konnte ihm schon einmal der Kragen platzen, und seine erhobene Stimme dröhnte wie Donnerhall durch die Blaubeurer Klostermauern.
Besonders schlimm war es, wenn zwei Kontrahenten »oms Verregga net« bereit waren, einen Vergleich zu schließen. Also ließ er die beiden Streithähne nochmals aufeinander los und sie zogen bös vom Leder: »De Dei hot doch koin Fuz koin Wert, dui Dachplatt dui kromma.«
»Du muasch grad ruhig sei«, fing nun der Kontrahent an, »wer hot denn 's Teschtament gfälscht ond womöglich letsch Johr mei Haischober azonda?«
»Wenn net glei dei Gosch hälscht, schlag de em Gricht ogschpitzt en Boda nei«, bekam er als Antwort.

Und so ging es weiter. Der Richter meinte bei einer Kampfpause: »So, nachdem'r eich gütlich ausgschprocha hent, wölla mr endlich den Schtreit aus am Weg räuma.« Worauf er einen Vergleichsvorschlag machte.
Erste Antwort: »Liabr heng me auf bevor'e nochgib.«
Zweite Antwort: »Ond i prozessier bis nach Schtugart na – i will mei Recht.«
»Nun gut«, meinte der Richter, »hockat eich do henta auf d' Ofabank ond iberlegt's eich nomol in Ruah.«
Während die beiden Streithammel Rücken an Rücken Platz nahmen und der Richter den nächsten Fall abwickelte, begann der amtierende Wachtmeister im Flur den Ofen anzuzünden, um den beiden Kampfhähnen richtig einzuheizen. So nach und nach knöpften die beiden unnachgiebigen Herren ihre Jacken, dann ihre Hemden auf und ihre »jähzornigen Möggel« begannen zu glühen.
Zwischendrin fragte der Richter: »Jetzt, wia siahts aus?« – »Noi«, war die Antwort. Der Richter meinte: »Mir pressiert's net, bleibat no a Weile hocka, ihr kommat scho no dra.«
Die Rechtsprechung ging seinen Gang. Fall um Fall wurde abgewickelt und die beiden Dickschädel schmorten im eigenen Saft und ihre Willenskraft schwand von Minute zu Minute.
Am Schluss des Gerichtstages traten zwei aufgelöste Bauern vor den Richter und sagten nur: »Mr wöllat!«
Bei besonders hartnäckigen Fällen drohte er den Kontrahenten mit dem »Scharfen Eid«. Jedem war bekannt, dass ein Meineid schon unabsehbare Folgen haben konnte. Beim angedrohten »Scharfen Eid« begann bei manchem die Hose zu schlottern.

Nachdem der Laupheimer Viehhändler stur behauptete, der Pappelbauer hätte beim Viehhandel eingeschlagen, meinte der Bauer: »Liabr häng me auf, als dem Dagdiab mei Kuah zom geba.«
Da ordnete der Richter den »Scharfen Eid« an. Also, Pappelbauer schwätz mr noch: »Woar isch on i lüeg net. Ansonschta mir mei ganz Vieh verrecka soll.«
Dann rief der Richter: »Wachtmeister, mach älle Fenschter auf, net dass dia au no he send, wenn den jetzt dr Teifel holt!«
Da packte den Bauern die große Angst und er soll gesagt haben: »Den Eid schiabe zrigg, mit am Teifel will'e nix zom doa han.«
Der nun folgende Fall zeigt uns erst richtig die Qualitäten des von uns so hoch geschätzten Amtsrichters Dodel.
Es war Krämer- und Kleinviehmarkt, und viel Volk zog mit Sack und Pack und seinem Getier zum Blaubeurer Marktplatz, um den Geschäften nachzugehen. Um vor dem harten Tag in der Natur aufzutanken, war unser Richter schon morgens früh auf die Höhe zum Russenschloss aufgestiegen und konnte von dort wie von einer Kanzel aus das Treiben seiner Mitbürger mit dem Fernglas bestens verfolgen.
Eine Töpferin türmte ihr Geschirr auf, dort wurden Hemden und Unterwäsche gestapelt, weiter hinten hatte der Billige Jakob seinen Stand und ließ seine Hosenträger in die Luft schnelzen, um die Kunden anzulocken, dort pries ein Händler seinen türkischen Honig und gebrannte Mandeln an.
Auf dem Kleinviehmarkt drängte sich zwischen den Gänsen, Enten, Stallhasen und Schafen ein Bauer mit sei-

nem strammen Ziegenbock hindurch. Von der anderen Seite, vom Bahnhof her, kam eine Bäuerin mit einer ansehnlichen »Goiß am Soil«. Trotz der vielen Gerüche hatte der Geißbock mit seiner feinen Nase das Kommen der Geißenjungfer registriert und wurde langsam nervös. Als die Bäuerin sich nun dem Töpferstand näherte, riss dem Bock die Geduld und mit einem Riesensatz entfloh er seinem Besitzer, um seiner Artverwandten den Hof zu machen. Vor lauter Schreck vor dem aufdringlichen Bock ließ die Bäuerin das Seil fallen und brachte sich in Sicherheit. Doch die Geiß hatte am hellen Morgen noch keine Lust auf irgendwelche Liebeleien, machte auf »spröde Jungfrau« und suchte ihr Heil in der Flucht mitten hinein in die Schüsseln, Teller und Tassen der Töpferin. Doch der Bock war nicht mehr zu bremsen und es kam wie es kommen musste. Bald würde man singen: »Trari, trara, die Geiß hat Junge …«
Dies alles beobachtete unser Richter von seinem Hochsitz aus und bog sich vor Lachen.
Unten am Ort des Geschehens gab es dagegen einen Mordsauflauf, denn das Klirren des Geschirrs und das Keifen der Töpferin waren nicht zu überhören.
Töpferin: »Des ganze henige Gschirr zahlat Sia.«
Bauer: »Mei Bock war net em Gschirr.«
Bäuerin: »Ihr Bock isch an ällem Schuld.«
Um das Drama zu beenden, nahm der Wachtmeister alle mit aufs Gericht, um sie dem Amtsrichter vorzuführen. Dieser wiederum war bereits unterwegs ins Tal, um diesen pikanten Fall zu klären. Er lief ihnen im Klosterhof direkt in die Arme und sagte: »Kommat no rei, i han älles gseah, des demmer glei verkuttla.«

Zu einem Vergleich war aber keine Partei bereit. Also sprach der Richter: »Im Namen des Volkes verkünde ich folgendes Urteil: Die Bäuerin hat vier Teile und der Bauer zwei Teile des zerbrochenen Geschirrs zu bezahlen. Genauso verhält es sich mit den Gerichtskosten.«
Die Anwesenden blieben sprachlos vor Staunen. Der Entscheidungsgrund ist folgender: Also sprach der »Weise Salomo«: »Dui Goiß isch mit vier Füaß em Gschirr gschtande, ond dr Bock bloß mit zwoi – isch doch ganz oifach – odr?«
Später im »Lamm« wurde unter Gelächter die genaue Summe ausgehandelt.
Ja, onser Dodel vrschtoht sei Gschäft – war die einhellige Meinung. Er war ein Mann mit Herz und Gefühl, einer vom alten Schlag, sagten die Älbler hochachtungsvoll.
Nach 21 Jahren Dienst in Blaubeuren ging er in Pension und zog nach Ulm. Als er dort einem Kollegen zu seiner Beförderung gratulierte, zog er sein Fläschchen Obstler aus seiner Hosentasche und sprach: »So, dui hot jetzt grad de richtig Arschbackawärme. Proscht!«

Der Bullenreiter

Wer glaubt, das Bullenreiten sei eine Erfindung der amerikanischen Cowboys, um bei öffentlichen Rodeos ihren Mut zu beweisen, ist auf dem Holzweg.
Werfen wir einen Blick in eine Gemeinderatssitzung in Bremelau, wo Mitte des letzten Jahrhunderts darüber gestritten wurde, ob die Schule zu renovieren sei oder nicht.
Der engagierte Dorfschullehrer, frisch aus Ulm zugezogen, drängte auf die Renovierung der Schule, da die Zustände dort »unter aller Sau« waren, wie er sich ausdrückte.
Nach alter Gepflogenheit zählten bauliche Maßnahmen an der Schule zum »Dorfschaden«. Da diese aber nur Ausgaben und keine Einnahmen erbrachten, lehnte der Gemeinderat den Antrag des Lehrers ab. Die Schule war ihnen sowieso ein Dorn im Auge, denn viele Bauern hätten ihre Kinder lieber zu Hause behalten, damit sie auf dem Hof mithelfen konnten.
Aber der neue Lehrer war ein hartnäckiger Bursche und bedrängte die anwesenden Bauern dermaßen, dass sie richtig ins Schwitzen kamen.
Der Mut es Lehrers gefiel dem Bürgermeister, und so schlug er ihm eine Wette vor. Sollte er auf dem Gemeindebullen durchs ganze Dorf reiten können, würde der Gemeinderat seinem Antrag zustimmen. Den Bauern gefiel der Vorschlag, denn keiner glaubte, dass der Lehrer die Wette annahm.
Doch weit gefehlt. Das tapfere Lehrerlein ritt am Sonntagmorgen mit Unterstützung des Farrenwärters ohne

Sattel triumphierend durchs Dorf. Dieser Husarenritt war eine Riesensensation, denn noch nie hatte es jemand gewagt, auf diesem gefährlichen Tier zu reiten.

Ebbes Schwäbischs

Schaff ebbes, no hosch ebbes ond bisch au ebbes. Hot där Vaddr zu seim Bua gsait, denn där war scho ebbes. Ond wenn de heiraschd, gugsch zerscht, ob se au ebbes hot. Denn was de erheiratescht, drfür brauchschd scho nemme schaffa. Aber wia so got, isch ebbes drzwischa komma.

Ebbes Klois. Do war ebbes los.

Jetzt hent älle ebbes zom Schwätza ghet.

Doch älle henra ebbes gschenkt, ond am Schluss hots se doch no ebbes ghet.

Drbei wärs so a rächts Mädle, wenn so no au ebbes, wenigschtens a bissle ebbes mitbrocht hät.

Aber so ebbes kommt en de beschte Familia vor.

No grad schee isch's, dass so ebbes no passiert, denn so ganz ohne Liebe, wär des vielleicht ebbes?

Die Fassroller

Wetten dass? Sicher erinnern Sie sich noch an die beliebte Fernsehsendung: Schön gemütlich zurückgelehnt im bequemen Omasessel, das Bierchen zur Rechten und die Knabbereien zur Linken, ließ man sich von den Ereignissen der Welt berieseln.
Das war auch das Thema unserer Wanderfreunde am wöchentlichen Stammtisch. »Des warat halt friher no andre Kerle«, meinte dazu ein älterer Bauer. »Wenn'e bloß an da Georg Elsenhaus denk, där isch mit ma Weifass bis nach Rom gwandert.«
Diese abenteuerliche Reise fand tatsächlich 1903 statt. Eine Wette von immerhin 6000 Goldmark war der Auslöser. Und der Georg Elsenhaus schaffte die Strecke von Waldkirch bis Rom in genau 45 Tagen. Heute wäre das ein Fall für das Guinnessbuch der Rekorde. Der Marsch nach Rom machte damals solche Schlagzeilen, dass unser Globetrotter kurzerhand nach Hamburg marschierte, mit Fass versteht sich, und sich nach Amerika einschiffte, wo er als der bekannteste Fassroller seiner Zeit gefeiert wurde. Das weit gereiste Fass ist heute noch im Heimatmuseum Schloss Hellenstein zu bewundern.
»I wett om a Fass Wei, dass des von eich koiner meh schafft«, meinte der nicht unvermögende Bauer. Da war er aber an die Falschen geraten. Denn die beiden Wanderfreunde trauten sich wohl, und so wurde eine Wette abgeschlossen, dass sie in vierzehn Tagen von Steinheim, mit einem Weinfass im Schlepptau, nach Kaltern in Südtirol wandern würden.

Immerhin war der mutige Fassroller der Großonkel von Walter Stender, der zusammen mit seinem Freund Hans-Peter Schmid aus Heidenheim die strapaziöse Wanderung unternahm.
Der Startschuss für die eigenwillige Tour war auf den 26. April 1976 festgelegt.
Der örtliche Dorfschmied montierte auf das Dreihundertlieferfass eine »Gschtellage«, damit die beiden Fassroller auch tüchtig ziehen konnten. Das Fass, gespendet von einer Kalterer Kelterei, wanderte nach der Ankunft als Rarität ins örtliche Weinmuseum. Im Tausch bekamen sie ein ebenso großes, natürlich gefülltes, zurück.
Unsere beiden Weinzähne, bekannte Frohnaturen, zogen also gen Süden Richtung Günzburg, Füssen, Reschenpass, hinunter ins sonnige Südtirol. Aber wer glaubt, mit einem Weinfass heutzutage einfach so hopplahopp auf Wanderschaft gehen zu können, hat sich getäuscht. Die Nachricht von diesem Unternehmen war ein gefundenes Fressen für die Presse, und bald wurden die Wanderer in ihren Zielorten mit Pauken und Trompeten begrüßt. Als auch noch das Fernsehen mitmischte, war es aus mit der Ruhe. Kinder und Neugierige begleiteten die beiden Schwaben durch die Dörfer und Städte. Die interessanteste Begegnung ihrer Reise war aber die Bekanntschaft mit einem Franziskanerpater in Südtirol, der ihnen außer seinem geistlichen Segen auch noch je ein silbernes Amulett mit auf den Weg gab. Allerdings liebte er auch ein gutes Viertele. Er verwöhnte unsere beiden Freunde mit dem »roten Gold« des Landes und stieß mit ihnen ausdauernd auf ein glückliches Ende der Reise an, sodass das Tagesziel dem heiligen Herrn geopfert werden musste.

Wer kann schon so viel Gastfreundschaft widerstehen? Gesund und munter marschierten unsere beiden Fassroller dann am Samstag, den 10. Mai, um 17 Uhr in Kaltern ein, begrüßt von ca. 5000 begeisterten Zuschauern. Zum Empfang gab es eine echte Tiroler Jause, begleitet von der Musikkapelle Kaltern und einer stimmungsvollen Rede des dortigen Bürgermeisters.
»Ond des älles wega so ma leera Weifass?«
Nachmachen heißt die Parole. Vielleicht wartet anschließend ein lukrativer Werbevertrag?
Woiß mer's?

Der Fleckenbock

Auch in Neckartenzlingen ging es wie überall im Ländle wirtschaftlich bergauf, die Nachkriegszeit war überwunden, und langsam aber sicher begannen die Wohlstandsbäuchlein zu sprießen. Die große Zeit von Ludwig Erhard, unserem Wirtschaftsminister, war gekommen.

Des einen Freud ist aber des anderen Leid. Immer mehr Bürger verabschiedeten sich nun von ihrer Hühnerschar hinterm Haus, der Hasenstall diente nun als Behausung für Meerschweinchen und Hamster, der Schweine- und Ziegenstall wurde zu einer Garage umfunktioniert.

Der örtliche »Fleckenbock«, der früher die Geißendamen beglückte, wurde somit arbeitslos und überflüssig. Der Metzgerschorsch und der Farrenwärter wurden mit der Schlachtung beauftragt. Man besorgte sich einen großen Holzhammer, um dem Bock einen Schlag zwischen die Hörner zu geben und ihn dann blitzschnell von seiner Männlichkeit zu befreien, denn sonst würde das Fleisch zu sehr »bockala«. Der Geschmack des Fleisches wäre also ungenießbar. Der so Geschädigte hatte aber einen besonderen Dickkopf, denn er erwachte nach der Totaloperation aus seinem Tiefschlaf und galoppierte wie vom Teufel besessen Richtung Karrenhalde, verfolgt von den zwei Missetätern, die ihn mit dem Ruf »Hebad'an – Hebad'an« einzufangen versuchten. Aber unserem »Hanniball« versagten bald die Kräfte, der Schock war zu groß, und so nahm das Schicksal seinen Lauf.

Aber die »Komede« mit dem Bock ging erst richtig los, denn niemand wollte das Fleisch kaufen. Auch die Wirtin vom Waldhorn lehnte mit dem Kommentar »den Bock frisst koi Sau« dankend ab. Um den Metzger nicht ganz zu verärgern, meinte sie zum Schluss: »Wenn's a Rehbock gwä wär, hett mir jo driber schwätza kenna.«
Nun war guter Rat teuer. Der Bock wurde mangels Interesse vorerst mal eingefroren. Bei einem Bier, vielleicht waren es auch ein paar mehr, und einem selbstgebrannten Obstler saßen unsere zwei schwäbischen Schlitzohren nach Feierabend im Metzgerstüble zusammen und grübelten über das traurige Ende des Gemeindebockes nach. Da meinte der Schorsch: »Stell dir einmal vor, ich bekäme einen Rehbock zum Schlachten und der Jäger möchte das Geweih mitsamt dem Kopf als Trophäe, und das Fell will einer seiner Treiber. Was bleibt dann übrig?«
»'s Floisch vom Bock!«
Die beiden alten Bazi schauten sich tief in die vom Schalk erfüllten Augen, und aus ihren Bäuchen bahnte sich ein brüllendes Gelächter an die Oberfläche, das ihnen die Tränen in die Augen trieb. Ein zweitägiger Muskelkater ihrer Lachmuskeln war die Strafe für den Plan, der nun in Kraft trat. Denn der Metzgerschorsch rief nach einigen Tagen die Wirtin vom Waldhorn an und teilte ihr hoch erfreut mit, dass er einen gut im Fleisch stehenden Rehbock anzubieten hätte. Man war sich auch schnell handelseinig, und der Schorsch, ein recht freundlicher Geselle, erklärte sich auch noch bereit, den Bock zu zerlegen.
Es passte alles zusammen. Am Samstagabend war die Jahresfeier vom örtlichen Liederkranz, und der Rehbra-

ten »à la Hannibal« erfreute die sangeslustige Schar mit Spätzle und viel Soß aufs Höchste.
Als dieser Schwabenstreich sich wie ein Lauffeuer in Neckartenzlingen verbreitete, machten die Betroffenen gute Miene zum bösen Spiel, obwohl die getäuschte Wirtin lieber den Bauern von der Schwäbischen Eisenbahn gespielt hätte. Denn dort ist am Schluss zu lesen: »Do packt den Baura, Bauraszora, er packt den Goisbock bei de Hora ond schmeißt an was'r schmeißa ka, em Kontrolleur, in unserem Fall em Metzgerschorsch, an Ranza na.«

Sontberger Michel

Viele der älteren Bewohner von Gerstetten, Ballendorf, Sontbergen und darum herum erinnern sich noch heute an den »Sontberger Michel«, der bürgerlich Michael Bückle hieß und am 16. Mai 1870 als jüngstes Kind von acht Geschwistern auf dem Kappelhof in Ballendorf das Licht der Welt erblickte.

Mit 26 Jahren wanderte er durch das Hungerbrunnen- und Gassental, mit einem gut gefüllten Sparstrumpf im Rucksack, nach Sontbergen, wo er einen schön gelegenen 200-Morgen-Hof übernahm und heiratete. Seine 75 Morgen Wald waren sein Ein und Alles. Besonders seine stattlichen Eichen hatten es ihm angetan. Das kam auch auf seinem Grabkreuz, das mit Pflug und Eichenblatt verziert war, zum Ausdruck. Auf ihm war zu lesen: »Michael Bückle, Bauer aus Sontbergen – seine festen Eichen, die waren stets sein Stolz und so wie diese war auch er selbst aus hartem Holz.«

Und genau so war er: derb, manchmal herrisch, knitzhintersinnig und von einer sprichwörtlichen Schlagfertigkeit.

Ein Bauer, nach ihm gefragt, meinte:

»Ja freilich han'e den kennt, i sieh an grad vor mr, wia'r emmer mit seim Bernerwägale ond seim Apfelschimmel ibers Land kutschiert isch. Mei Liabr, des war no koi Gwöhnlicher«, fügte er hinzu. Es ist überliefert, dass ihn von Zeit zu Zeit das Reisefieber packte und er, bekleidet mit Blauhemd, rotem Halstuch und Rohrstiefeln, mit dem Zug nach Stuttgart oder Ulm fuhr, um dort nach

dem Rechten zu sehen, denn er scheute sich nicht, auch an höchster Stelle vorzusprechen. So besuchte er auch einmal die Ulmer Ratsherren und erkundigte sich beim Abschied, ob »ma fir Lompa au Herra saga derft«. Als ihm das freundlich bejaht wurde, verabschiedete er sich mit »Also no Grüß Gott, Ihr Herra«.
Von den vielen Anekdoten, die über ihn die Runde machen, wollen wir Ihnen eine kleine Auswahl vorstellen.
Als der Hindenburgbau in Stuttgart gebaut wurde, war auch der Sontberger Michel zur Stelle und rief zu den Handwerkern hoch: »Was bauat'r au do fir a moderns Glomp?«
Worauf er als Antwort bekam:
»Des gibt a Gfängnis fir freche Baura von dr Alb.«
Worauf er zurückrief:
»Des han'e glei denkt, denn fir d'Herra wär's schier z' kloi.«
Die Prügelstrafe gehörte Anfang des 20. Jahrhunderts in den Schulen zum Alltag. So gab es auch im Heidenheimer Schulbezirk einen Dorflehrer, der sein Wissen den Kindern mehr reinprügelte, statt es im Guten zu vermitteln. Eines Tages, als er auch vor den Buben des Sontberger Michel nicht Halt machte, platzte diesem streitbaren Geist der Kragen und er fuhr mit ihnen kurzerhand nach Stuttgart, um seine Klage dem Kultusminister persönlich vorzutragen.
Unerschrocken wie er war, konnte er bis zu dessen Sekretärin vordringen. Hier endete aber sein Ausflug, denn diese resolute Dame verteidigte, wie ein Drache seine Höhle, den Zutritt zum Allerheiligsten.

Doch nach langem, hartnäckigen Drängen und lauter Diskussion wurde er doch noch vorgelassen. Endlich am Ziel seiner Wünsche angekommen, zog er kurzerhand seinen beiden Buben die Hosen herunter und der Herr Minister konnte sich nun selbst an den malträtierten Hinterteilen der Geschädigten von den Untaten des Lehrers überzeugen. Die Striemen der Hosenspanner beeindruckten den Herrn Kultusminister dermaßen, dass der schlagkräftige Übeltäter strafversetzt wurde.
Eines Tages war er in Stuttgart in den Eilzug eingestiegen. Der Schaffner verlangte von ihm einen Eilzugzuschlag.
Michel: »I denk et dra, mr pressiert's et, von mr aus kennt dr Zug ruhig langsamer fahra.«
Als er eines Tages beim Hirschwirtvetter zum Vesper einkehrte und nicht sofort bedient wurde, packte er seine Siebensachen zusammen und ging mit der Bemerkung »die hent's au nemme nötig« seines Weges. Ein paar Tage später tauchte er wieder auf, packte sein eigenes Vesper aus und meinte: »No brenge halt mei oignes Zuigs mit.«
Der Michel war gerade auf seinem Acker beim Mähen, als zwei Radfahrer ihm zuriefen: »Wie heißt der Ort da drüben?«
Michel: »Bei ons hoißt des Grüß Gott.«
Wir sehen, trotz seiner räsen Art war er ein Mann mit großem Humor. Genauso wie er die Arbeit in seinen Wäldern liebte, wo der Älbler am liebsten ungestört arbeitet, suchte er auch die Geselligkeit, z. B. auf dem alljährlich stattfindenden »Brezgamarkt« im Hungerbrunnental, von wo er nicht wegzudenken war. Noch zu Lebzeiten bestimmte er, dass man ihn nach dem Tode durch das ge-

liebte Gassen- und Hungerbrunnental hinunter ins heimatliche Ballendorf überführen sollte. Auf seinen ausdrücklichen Wunsch hin durfte der Leichenzug nicht über Altheim führen, denn diese Kuhbergschlingel, wie er sie bezeichnete, konnte er nicht leiden.

Und so geschah es auch, als er im Herbst 1949 im »Roten Rain« in seinem Wald ein »Schlägle« erlitt.

Den letzten Weg beschritt er wie gewünscht auf einem Pferdegespann, und der Gerstetter Musikverein musste dabei das Lied spielen: »Durchs Wiesatal gang i jetzt na.«

Hasenfutter

Es war schon ein besonders Ereignis, als mein Vater mich zum ersten Mal mit auf die Holzversteigerung nahm, wo die einzelnen »Reißschläge« vergeben wurden.
Die anwesenden Bauern waren natürlich bestens darüber informiert, welche Lage und Nummer am meisten Holz hatte und am besten zum Verarbeiten war.
Aber an den guten Reißschlägen war mein Vater nicht interessiert, denn die waren ihm schlicht und einfach zu teuer, wurde doch nach 1945 bei uns jede Mark dreimal umgedreht, bis man sie ausgab. Geduldig wartete er bis zum Schluss, wenn dann für fünf Mark die schlechten, an Steilhängen gelegenen Reißschläge verkauft wurden.
Wir Kinder hatten ein Riesenvergnügen daran, das Holz aus dem Wald zu ziehen, denn an den Berghängen klemmten wir uns das Reisig oder kleinere Bäume unter den Arm und rutschten halb stehend, halb auf unserer Lederhose die Hänge hinunter.
Die Bauern hatten es da einfacher. Sie schleppten ihr Holz mit ihren Pferden oder Schleppern aus dem Wald. Und versperrte da mal eine Buche den Weg, prüfte man, ob kein Förster in der Nähe zu sehen war, und ruck, zuck lag der Baum auf dem Boden und wurde zerlegt.
Doch die Förster kannten ihre Pappenheimer und kamen oft zum ungelegensten Moment. So auch beim Brückenbauer, der gerade dabei war, eine frisch gefällte Buche zu zerlegen.
»So, grüß Gott, was duat mr au do?«, war seine Frage.
»Ha, Hasafutter mache«, sprach der Bauer.

»Ja, seit wann freßad Hasa Buchabäum, des isch mr jetzt au neu.«
»Ha, wenn er's net frisst, isch au et schlemm, no schiaban halt en Ofa.«

Hutzla

»Au ra alta Hutzel siaht mr no a, was amol a schena Bir gwä isch«, heißt es auf der Alb.
Besonders Neenstetten zeichnete sich früher durch seinen Reichtum an Birnbäumen aus. Am 21. Dezember fand alljährlich in Langenau der sogenannte »Hutzlamarkt« statt. Für die Bauersfrauen war dies ein besonderer Tag, konnten sie doch anschließend mit dem Hutzlageld die schon lang ersehnten Kleinigkeiten einkaufen.
Ein Neenstetter Bauer wollte möglichst schnell an die Hutzla kommen und verfiel auf den Gedanken, die Hutzla einfach in den Boden zu stecken, denn er war der Meinung, statt Birnen später fertige Hutzla zu ernten. Und seitdem behaupten die Spötter, ist der Spitzname der Neenstetter »Hutzla«.

Semsagrebsler

Die Geschichten um den Reutlinger und Ulmer Wein sind bis heute unvergessen.
So wurde den Ehefrauen in Reutlingen empfohlen, ihre Ehemänner, falls diese abends ein paar Viertele Reutlinger Semsagrebsler getrunken hatten, des Nachts einmal umzudrehen, damit der Wein keine Löcher in den Magen fresse.
Den Kindern wurde empfohlen, beim Traubenessen immer einen Nussknacker mitzuführen.
Als dem Prinz Eugen bei einem Empfang im Reutlinger Rathaus einmal ein Glas vom besten Reutlinger kredenzt wurde, meinte dieser: »Lieber nochmals Belgrad erobern als weiter trinken.«
Im Ulmer Vorort Söflingen wohnten früher die Ulmer Weingärtner. Als diese aufgefordert wurden, zum Bau des Ulmer Münsters auch ihr Scherflein beizusteuern, lieferten sie ihren Wein, damit die Maurer ihren Durst stillen konnten.
Als diese ihn kosteten, spuckten sie ihn gleich wieder aus, denn er war so sauer, dass er ihnen gerade gut genug erschien, um ihren Speiß anzumachen.
Böse Zungen behaupten, die Standfestigkeit des Münsters beruhe auf der zusammenziehenden Wirkung des Söflinger Weines.

Der listige Bauer

Am Stammtisch vom »Hischwit« ging es heute hoch her, denn der Viehhändler Schulz hielt den ganzen Tisch frei, da er gute Geschäfte abgeschlossen hatte. Die Bauern musste er nicht zwei Mal einladen. Ein Freibier schmeckt besonders gut, und es floss reichlich durch die durstigen Kehlen.

Und es wurde angegeben, dass sich die Balken bogen. Besonders der Viehhändler prahlte mit seiner Kraft. Da schlug ihm der Schultesbauer vor, es auch mal unter Beweis zu stellen. Nix leichter wie das, meinte dieser. Also wurde eine Wette abgeschlossen. Wer einen vollen Dinkelsack vom »Hirsch« hinüber zur Hüle und zurück tragen kann, bekommt 5 Silberlinge. Alle waren überrascht, dass der leichter gebaute Schultesbauer als Sieger hervorging. Als er mal ein Bier zuviel getrunken hatte, verriet er seinen Trick. Auf seinem Wagen waren volle Dinkelsäcke mit Dinkel, aber auch mit Spreuer geladen. Und so einen leichten Sack hatte er bei der Wette geschultert.

s'Goisadäle

Zwischen Wiesensteig und Geislingen fließt die Fils. Doch niemand käme hier deswegen auf die Idee, vom Filstal zu sprechen, denn seit ewigen Zeiten hat sich der Name »Goisadäle« eingebürgert. Früher waren hier hauptsächlich Kleinbauern angesiedelt, die Geißen, die Kuh des kleinen Mannes, großzogen. Sie waren bestens geeignet, die steilen Albabhänge abzuweiden.

Eines Tages zog ein Hausierer durchs Tal in Richtung Geislingen, um dort seine Seidentücher, Anhängerle, Gewürze und fromme Schriften anzubieten. Als er sich dem ersten Haus näherte, sah er, dass sich dort die Vorhänge bewegten, und er grüßte freundlich in der Hoffnung, ins Geschäft zu kommen. Aber er bekam keinen Gruß zurück. Vorsichtig näherte er sich dem Haus, denn am Fenster hatte er eine Bewegung wahrgenommen. Er grüßte nochmals – aber wieder kam keine Antwort.

Am Fenster angelangt, streckte plötzlich eine Geiß den Kopf heraus und meckerte ihm freundlich entgegen.

Er hatte ja schon vieles erlebt, aber diese Begrüßung war ihm neu.

Er schüttelte unter Lachen seinen Kopf und meinte im Weitergehen: »Andres Land – andres Mand!«

Die Souffleuse

Das Bauerntheater war mal wieder bis auf den letzten Platz gefüllt und es mussten sogar ein paar Notsitze eingerichtet werden. Als der »Altbauer« einmal mit seinem Text nicht weiter kam, hatte die Souffleuse den Text nicht bei der Hand und es drohte eine kleine Katastrophe. Der Altbauer aber, geistesgegenwärtig wie er war, fragte seine Partnerin: »Ach sagen Sie einmal, haben Sie zufällig Frau Holdenrieder gesehen? Ist sie eigentlich krank oder fehlt ihr sonst etwas?« Frau Holdenrieder war die Souffleuse.
Seine Partnerin, nun ebenfalls ganz aus dem Konzept, zuckte nur die Schultern.
Worauf der Altbauer erklärte: »Ich habe nämlich schon lange nichts mehr von ihr gehört.«
In diesem Moment wisperte es aus der Tiefe: »I han's gfonda, glei got's weiter.«
Der Altbauer: »Aber wie ich gehört habe, wurde sie wieder gefunden.«

Wurstzipfel

Ungern erinnere ich mich an die Botengänge, die ich als Ältester von uns Kindern immer erledigen musste. Einer davon war immer gegen Ende des Monats fällig, als meine Mutter mich zum Metzger schickte, um fürs Vesper »eine Portion Wurstzipfel« zu kaufen.
Ich betrat den Laden immer kurz vor sechs, wenn möglichst keine anderen Kunden mehr im Laden waren, und sagte mein Sprüchlein auf. Ich kann Ihnen sagen, dieser Einkauf war mir immer sehr »oagnehm«. Darüber gibt es nette Sprüche, sicher von jemandem, der nie Wurstzipfel einkaufen musste.
»I hätt gern fir a Mark Wurschtzipfel fir onseren Hond, aber bitte net so fett, em Vaddr isch's letschtmol so schlecht wora.«
»I hett gern Wurschtzipfel.«
»Ond wie viel?«
»Ha, onderer Mark derf's koschta was will.«

Schwäbische Geheimsprache

Im letzten Krieg, als auch eine Kompanie Schwaben dem Feind gegenüberstand, kam ganz überraschend der Befehl zum Rückzug. Der »Büchsadone« konnte gerade noch seine große Konservendose, in die er am Boden Löcher gestanzt hatte, einpacken, um auch am neuen Standort seine geliebten Spätzla und Knöpfla durchzudrücken. In dem allgemeinen Durcheinander hatte man aber einen vorgeschobenen Meldeposten vergessen.
Da der Feind den Funk abhören konnte, kam ein findiger Offizier auf die Idee, den Befehl auf Schwäbisch durchzugeben. Die Amis sollen in ähnlichen Situationen Indianer eingesetzt haben.
Die Durchsage an den abgeschnittenen Melder lautete wie folgt:
»Karle, los amol. Dr Büchsadone ond de ander Bagage hauat ons en d' Büsch, bleib grad hocka wo de bisch, mora zwischa Dag ond Sieschmenet kasch no gau. Mr hebat dir au an Hafa Knöpfla auf.«

Als die Ulmer noch als Frösche verspottet wurden

Die Ulmer kannten in früherer Zeit nur die Fische, die sie in der Donau, der Iller oder in der Blau fangen konnten. Im Winter, wenn es bitter kalt wurde und nicht selten Eisschollen die Iller und Donau heruntertrieben, waren Fische in Ulm Mangelware. Da war dann mancher froh, wenn er auf seine im Sommer geräucherten Fische zurückgreifen konnte. Nur allzu lange hielten die meist auch nicht vor.

Da kam zur Zeit, als noch Kaiser Friedrich regierte, ein Kaufmann nach Ulm und brachte unter anderem auch Heringe in die Stadt. Er empfahl sie als gute Fastenspeise, sie sei leicht zuzubereiten, denn hätten sie das Feuer nur gesehen, so wären sie schon gekocht. Die edlen Herren aus Ulm beschlossen auf den Donauwiesen ein großes Feuer anzuzünden, um diesen neuartigen Fastenschmaus zu kosten.

Als erster griff der Bürgermeister in das Holzfass um einen Hering an das Feuer zu halten. Der etwas schlüpfrige Fisch entwischte ihm aber in der Hast aus der Hand und fiel ins Gras. Der Bürgermeister nicht langsam, griff schnell zu und erwischte aus Versehen einen dort verweilenden Frosch, der vor Schreck anfing, »Kwäk, kwäk!« hinauszuquaken. Der Bürgermeister, ein unerschrockener Mann, sprach zu ihm: »Kwäk hin, kwäk her, du hast das Feuer gesehen«, und schob ihn in den Mund. Als in Ulm und drum herum bekannt wurde, dass der

Bürgermeister anstatt eines Herings einen Frosch verspeist hatte, begann ein großes Gelächter, und die Ulmer wurden lange Zeit als »Frösche« verspottet.